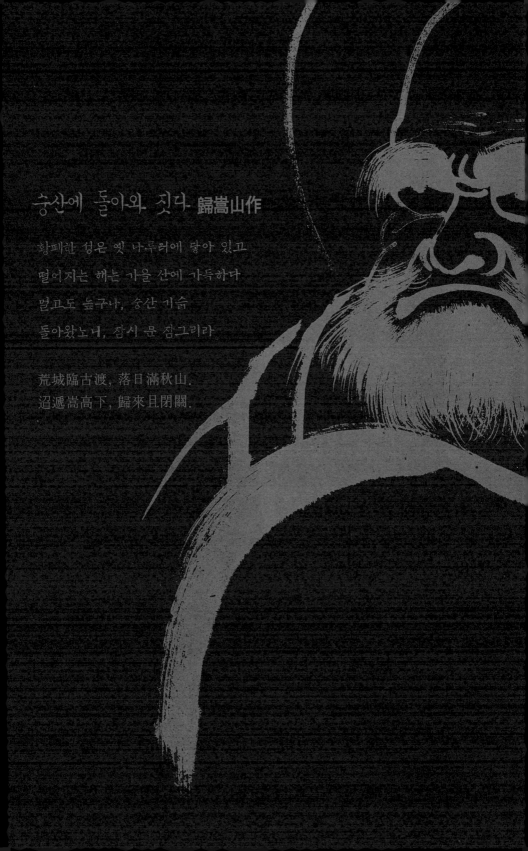

숭산에 돌아와 짓다 歸嵩山作

황폐한 성은 옛 나루터에 닿아 있고
떨어지는 해는 가을 산에 가득하다
멀고도 높구나, 숭산 기슭
돌아왔노나, 잠시 문 잠그리라

荒城臨古渡, 落日滿秋山.
迢遞嵩高下, 歸來且閉關.

소림사

少林寺

少林寺 3

금강金剛 新무협소설

초판 1쇄 찍은 날 § 2004년 11월 5일
초판 1쇄 펴낸 날 § 2004년 11월 15일

지은이 § 금강
펴낸이 § 서경석

편집장 § 문혜영
편집 § 장상수 · 서지현 · 한지윤
마케팅 § 정필 · 강양원 · 이선구 · 홍현경

펴낸곳 § 도서출판 청어람
등록번호 § 제1081-1-89호
등록일자 § 1999. 5. 31
어람번호 § 제2-0457호

주소 § 경기도 부천시 원미구 심곡1동 350-1 남성B/D 3F (우) 420-011
전화 § 032-656-4452   팩스 § 032-656-4453
http://www.chungeoram.com
E-mail § eoram99@chollian.net

ⓒ 금강, 2004

ISBN 89-5831-254-8 04810
ISBN 89-5831-251-3 (SET)

도서출판
청어람

少林寺

Oriental Fantasy
금강金剛 新무협소설

3

 목차

第一章
제석참마공(帝釋斬魔功)

첫째 마당

금강역사(金剛力士)는 불교의 수호신이다.

산문의 안쪽에 좌우로 벌려선 한 쌍의 화엄신장(華嚴神將). 왼쪽에 있는 것이 밀적금강(密迹金剛)이며 오른쪽에 있는 것이 나라연금강(那羅延金剛)이다. 나라연금강의 힘은 천하제일이며 밀적금강은 손에 든 금강저로써 부처를 수호한다.

그 둘의 모습이 이 희미한 어둠이 깃든 동굴에 거듭 새겨져 있는데, 그 숫자는 각기 네 번씩 해서 모두 여덟이었다.

석상은 제각기 날고 뛰고 움직이는 모습으로 조각되어 있는데 옷자락 하나의 새겨짐까지도 평범하지 않았다.

"참마팔법……?"

일명은 그 여덟 석상의 모습을 보면서 중얼거렸다.

"잘 보아두거라. 제석참마공은 천하제일의 파사신공(破邪神功)이다. 참마팔법은 바로 그 제석참마공을 펼쳐 내는 방법이니 그 명칭은 다음과 같다."

예의 음성이 들려왔다.

음성은 계속해서 들려오지만 주변이 훤히 다 보이는데도 불구하고 그 사람의 모습은 제대로 보이지 않았다. 아무리 눈에 힘을 주어도, 기이하게도 알아보기가 어려웠다.

제일초, 나한파천마(羅漢破天魔)!
―나한이 천마를 산산이 부수다.

깨달음을 얻은 자 나한이라 하니, 천마라 할지라도 어찌 견딜 수 있을 것인가. 마를 깨뜨려 중생을 제도(濟度)하리.

말소리가 들리는 가운데, 문득 밀적금강이 양손을 벌리는 것이 눈에 들어왔다. 옷소매가 펄럭이는 가운데 거대한 소용돌이가 일었다.

'이게 뭐야?'

일명은 깜짝 놀라 눈을 깜박거렸다.

벽에 새겨진 석상 부조가 살아 움직이다니?

헛것을 보았나 했다.

하지만 그것이 끝이 아니었다.

제이초, 운등항마군(雲騰降魔軍)!
―구름 위로 올라 마군을 누르다.

옷자락이 펄럭이는 가운데 나라연금강이 하늘로 날아올랐다. 사방이 날아오른 소용돌이에 휩쓸렸다.

"맙소사!"

어지간한 꼬마 일명조차도 압도되어 입을 딱 벌렸다.

이게 정말일까?

제삼초, 금강참마군(金剛斬魔軍)!

—금강역사가 마군을 참하다.

나라연금강이 두 손을 질풍과 같이 휘둘러 대면서 눈앞에 보이는 모든 것을 파괴했다. 손을 휘두르자 천둥이 치고 발을 구르자 지진이 일어났다.

제사초, 금륜천외래(金輪天外來)!

—금륜이 하늘 밖에서 날아들다.

밀적금강의 손에서 찬란한 금륜이 수레바퀴처럼 돌면서 떠올랐다. 보이는 것은 아무것도 없었다. 오직 그 찬란한 금륜뿐! 천지가 온통 금광(金光)으로 가득 찼다.

"……"

일명은 그저 입만 벌리고 있었다.

제오초, 천뢰전참마(天雷展斬魔)!

―벼락이 퍼져 마을 태우다.

하늘의 벼락보다 더 강렬한 것이 있을까?

밀적금강의 손에서 금강저가 튀어 올라 빛을 뿌린다. 하나가 둘로 둘이 넷으로 분화된 금강저가 서로 부딪쳐 벼락을 만들어내니, 세상을 어둠으로 물들이는 자(者) 모두 재가 되어 스러지리라.

제육초, 금종진천하(金鐘震天下)!
―금종이 천하를 울리다.

나라연금강의 힘은 천하제일, 옷자락을 휘날리며 양손을 크게 부딪치자 천지를 울리는 굉음이 터져 나온다. 세상을 어지럽히던 온갖 삿된 것들이 그 항마음(降魔音)에 모두 스러지고 만다.

일명의 머리 속조차 그 웅장한 금종의 소리에 뒤흔들렸다.

거대한 불호와 함께 손을 합장하는 나라연금강의 두 손에서 이는 소리는 천지를 진동하고 세상을 뒤엎는 것만 같았다.

제칠초, 관음복천주(觀音伏天誅)!
―관음이 하늘의 저주를 내리다.

관세음보살의 자비(慈悲)는 세상을 교화한다. 하지만 그처럼 관대하며 대자대비한 관세음보살의 자비일지라도 악마에게는 저주가 되리니, 이를 일러 같은 이슬이라도 꽃이 되고 독이 되는 것이라 하리라.

너울거리는 금강역사들의 손짓 발짓에는 현기가 어리고, 펄럭이는 옷자락 하나에도 깊은 의미가 숨 쉰다.

제팔초, 천개강제석(天開降帝釋)!
―하늘이 열리며 제석이 내려오다.

하늘에서 제석천이 내려오니, 이제 세상의 마는 모두 스러지리라.
훌쩍, 날아오른 나라연금강이 너울거리는 옷자락을 휘감으면서 거대한 폭풍으로 화해 아래로 내리 꽂혔다.
모든 것이 그 움직임 아래 먼지로 화해 사라졌다.

…….
정적이 감돌았다.
일명은 압도된 채로 입을 다물지 못하고 멍청히 서 있었다.
방금 눈앞에 보여졌던 것이 과연 사실일까?
정말 저 석상들이 살아 움직였던 것일까?
"너는 제석심인지법(帝釋心印之法)으로 참마팔법을 보았다. 이것은 평생을 두고 단 한 번만 볼 수 있으며, 너 또한 이 깨달음을 후인에게 전해야 하리라."
"후인에게요?"
"네가 죽기 전에."
'죽…… 는다고?'
일명은 표정이 묘해졌다.

이팔청춘, 아니, 그것도 안 된 새파랗게 어린 나이에 뭔 뒷일까지 생각을 한단 말이시?

일명은 속으로 코웃음을 쳤다.

나중에 봐서 생각해 볼 일이었다.

하지만 이어지는 말에 일명은 정신을 바짝 세워야 했다.

"이제 광명보리선(光明菩提禪)으로 너에게 제석참마공의 구결을 전하리니, 정신을 모으고 한 자도 놓치지 않도록 하거라. 이 순간을 놓친다면 너는 두 번 다시 이 구결을 들을 수 없을지니."

우우우— 웅…….

기이한 음향이 일면서 인영의 손 어림에서 금빛 광채가 일었다.

눈을 뜨기 어렵게 강한 빛도 아니고 그렇다고 천박한 것도 아닌, 정말 부드럽고도 장엄한 빛.

그 빛이 형체가 있는 듯 일명을 향해서 밀려오고 있었다.

그때였다.

"담에 이야기해 주면 안 되나요? 꼭 오늘밖에 못해요?"

일명이 참지 못하고 물었다.

아무리 참으려고 해도 참을 수가 없었다.

분위기가 아무리 엄숙해도, 입이 근질거리는 건 어쩔 수가 없는 것이다.

상화로운 금광이 출렁거렸다.

하마터면 모아진 금광이 흩어질 뻔한 것이다.

역대로 한 번도 없었던 일이다.

계승자가 마지막 순간에 말을 해서 분위기를 깨다니?

이것은 정말 위험한 일이었다. 이 구결은 마음에서 마음으로 전하는 심인상인(心印相印)의 전승(傳承)으로서, 거울처럼 맑고 투명한, 고요한 마음가짐이 필요했다.

그래야 구결이 뇌리에 새겨져 평생 잊지 않도록 되기 때문이다.

그런데 그 순간에 저런 말을 한단 말인가.

전계자(傳繼者)는 문득 자신이 잘못하고 있는 게 아닌가, 고민을 해야만 했다.

하지만 어찌할 것인가.

하늘이 정해준 시간이 도래하고 있으니……

누세(累世)에 걸쳐 만들어진 인연이니, 하늘의 뜻을 어찌 짐작할 수가 있을 것인가, 이제는 인(因)으로 인한 연(緣)이 어떻게 결실[果]로 맺어질 것인지를 그저 지켜볼 밖에.

소리도 없이 상화로운 금광이 일명의 머리를 덮었다.

더워서 허덕거리다가 시원한 수박을 먹었을 때의 기분이라고 할까? 일명은 정신이 번쩍 들었다.

원래 천재인 일명이었다.

금광이 자신을 덮자, 장엄한 구결이 연꽃송이와 같이 그에게 떨어져 내림이 느껴졌다.

아득한 법열(法悅)……

알지 못했고 느낀 적도 없었던 거대한 배움의 흐름이 일명을 덮고 끝없이 흘러가기 시작했다.

*　　　　*　　　　*

쏴아아…….

시원한 바람이 싱그러운 소리를 울린다. 나뭇잎이 서로 비비적거리면서 부는 바람에 몸을 틀었다.

그 바람을 느끼며 일명은 정신을 차렸다.

"여기가 어디지?"

잠시 멀뚱히 있던 일명은 눈을 깜박거리며 주위를 둘러보았다.

산자락이었다.

낙엽이 잔뜩 쌓여 이불처럼 푹신한 곳에 누워 있었다.

여기가 어디란 말인가?

그 기이했던 동굴은 눈을 씻고 봐도 없었고, 주변에도 보이지 않았다. 마치 꿈을 꾼 듯이 자신은 걸레처럼 너덜너덜 떨어진 승복을 입고서 낙엽 더미 위에 달랑 앉아서 눈알만 굴리고 있는 판이었다.

"얼래? 꿈을 꾼 건가?"

멍하니 앉아 있던 일명은 너무 기가 막혀서 혼자 중얼거렸다.

제석참마공이니 참마팔법이니, 그게 모두 다 꿈이란 말인가?

그게 다 내가 만들어낸 허상이었다고?

"말도 안 돼!"

일명은 소리치면서 벌떡, 일어났다.

"그런 개같은 일이 일어나선 안 되는 거라구! 내게 그런 일이 있어서는 안 되지! 꿈이면 깨라!"

철썩!

일명은 자신의 뺨을 세차게 때렸다.

그래 봐야 입 안이 찢어지게 아플 뿐이다.

꿈이 아닌 건 일명도 명확하게 알고 있었다.

하지만 너무 억울했다.

천하제일의 고수!

소림사의 칠십이종절예를 능가하는 그 놀라운 무공의 전승자가 되었었는데, 그 모두가 꿈이라니…….

"이럴 순 없어!"

일명은 눈에 불을 켜고 주위를 돌아다니기 시작했다.

그 동굴을 찾기 위해서다.

하지만 그럴 수가 없었다.

눈앞에 두어 명의 승려가 나타났기 때문이다.

"일명!"

"대체 너 어디에 있었던 거냐?"

일류가 계지원의 다른 화상 둘과 함께 일명을 발견하고 쫓아오고 있었다.

그들이 자신을 향해 쫓아옴을 보자 일명은 문득 걸레가 된 자신의 옷을 생각해 냈다.

그리고 마지막에 그처럼 지독하게 아팠던 두통!

"씨팔!"

한마디를 내뱉은 일명은 냅다 들고 뛰기 시작했다.

뒤로.

"일명! 뭐 하는 짓이냐!"

"게 서지 못해?"

다급한 외침, 동시에 휘리릭— 옷자락 날리는 소리가 들리더니 그 소리가 일명의 머리를 날아 넘어 일명의 앞으로 내려섰다.

십팔나한중 하나인 대홍 화상이었다.

그가 앞을 가로막으며 내려서자 일명은 대뜸 그를 향해 웃어 보였다.

"아, 안녕하세요?"

"대체 어떻게 된 거냐?"

"무슨 짓을 한 거지? 왜 도망간 거냐?"

뒤에서 다그치는 소리가 들려왔다.

일류였다.

'따식이…… 그새 군기가 빠졌네…….'

못마땅한 표정으로 일류를 쳐다본 일명은 이내 얼굴을 펴고 뒷머리를 긁적거렸다.

"죄송합니다, 대홍 사숙! 낙엽을 긁고 있다가 깜박 잠이 들었었나 봐요."

"뭐라고? 깜박??"

"예. 오래 잔 건 아닌 거 같으네요. 지금부터 일해서 얼른 돌아갈게요. 이까짓 거 금방 합니다!"

일명은 짐짓 웃어 보이면서 소매를 걷어붙였다.

"이놈이! 너 지금 그걸 말이라고 해?"

하지만 일류가 대뜸 머리통을 때리는 바람에 일명은 대노했다.

"으! 왜 때리고 그래! 일하다 잠시 잔 거는 죄가 아니란 말이야! 난 아직 사미승이지, 비구가 아니라구! 어린애란 말이야!"

사납게 대드는 일명.

어이가 없어서 일류는 벌린 입을 다물지 못했다.

둘째 마당

이곳은 소림사 나한당.

일명은 대우의 앞에 무릎을 꿇고 있었다.

"정말로 잠시 잠을 잔 것뿐이더냐?"

대우가 다시금 굳은 얼굴로 물었다.

"그럼요! 지금 시간이 저런데요, 제가 잔들 얼마나 잤겠습니까? 물론 제자가 잔 건 잘못했지만서두……."

일명이 머리를 긁적이며 볼멘소리를 했다.

하늘을 보아하니 시간이 그리 많이 흐른 것도 아니었다. 길어야 한 시진, 아니면 반 시진에 불과하니 이렇게 난리를 치면서 모일 이유가 없어 보였던 것이다.

"허~어, 시간이 저렇다니! 넌 네가 사라졌다가 사흘 만에 나타났다는 걸 정말 모른단 말이냐?"

엥?

일명은 멍청한 빛으로 그 말을 하는 일류를 쳐다보았다.

"무슨? 설마 하니, 제가 사흘 동안이나 잤단 말인가요?"

"오늘이 네가 사라진 지 사흘째 되는 날이다."

대우의 말.

그 말에 일명은 말을 잃었다.

뇌리에 떠오르는 생생한 그림들…….

하지만 그 일이, 그 잠깐의 일이 어떻게 해서 사흘이나 흐른 다음이라는 걸까?

무슨 무릉도원(武陵桃源) 이야기도 아니구…….

"말도 안 돼, 말도 안 돼……."

일명이 기가 막혀 연신 중얼거렸다.

그 표정을 본 대우의 얼굴도 묘해졌다.

그 뒤에 앉은 심경 대사의 얼굴도 당연히 묘해졌다.

그럴 수밖에 없는 것이 일명의 표정으로 봐서는 그 말이 사실이라는 것을 그들도 느낄 수가 있었던 것이다.

"자세히 말해 보거라. 왜 거기에서 자고 있었던 것인지?"

심경 대사가 물었다.

"그게요, 제가……!"

말을 하려던 일명은 아차, 하는 표정이 되었다.

누구에게도 말하지 말라고 하지 않았던가!

그런데 그걸 어떻게 말을 해?

더구나, 그런 일은 목에 칼이 들어와도 말하고 싶지가 않았다. 그 일을 말하면 배운 것도 다 말해야 할 텐데, 내가 배운 걸 왜 말을 해준단 말이야?

　　더구나 그건 천하제일의 무공이라고 하지 않았던가.

　　절대로 못하지!

　　일명은 짐짓, 미간을 찌푸렸다.

　　"그러니까, 나무를 하려다가 뭔가에 놀라서…… 맞아! 갑자기 뱀이 풀 속에서 튀어나오는 바람에 놀라 뒤에 있던 바위에 머리를 부딪치면서, 그러면서 심하게 머리가 아파서…… 그리고는 지금 깼네요."

　　"심하게 머리가 아팠다고?"

　　"예."

　　"혹시, 전에 말했듯이 무섭게 화가 나지는 않았더냐?"

　　"화가 났냐구요?"

　　되묻던 일명은 고개를 끄덕였다.

　　"맞아요! 아프고 화가 나고…… 그리곤 어떻게 되었는지 모르겠네요. 아마 그리곤 그 자리에 쓰러져 잤나 보네요."

　　일명의 말에 심경 대사는 대우와 얼굴을 마주 보았다.

＊　　　　＊　　　　＊

　　"발작을 했더란 건가?"

　　"그런 듯합니다."

　　심경 대사는 심혜 상인의 앞에서 고개를 끄덕였다.

"천살지기가 발작을 해서…… 자신도 모르는 사이에 폭주하여 돌아다니다 잠이 들었다? 그리고 그 와중에 아무런 무공도 없는 상태에서도 일 자 배 아이들 둘을 사경에 처하게 만들고, 대 자 배의 일대제자마저 일패도지(一敗塗地)시킬 정도라는 건가?"

　"그 정도가 아닙니다. 정말 발작한다면 소제(小弟)로서도 감당하기 어려울 겁니다."

　"사제의 본신 신공으로도?"

　심혜 상인이 놀란 얼굴로 되물었다.

　"정말 발작한다면 그럴 것 같습니다."

　"아미타불……."

　심혜 상인이 침중히 불호를 외웠다.

　허튼소리를 할 심경이 아닌 것을 너무 잘 아는 심혜 상인이었다.

　"그렇다면 일명을 이대로 둠은 너무 위험하다는 소리로군."

　"약왕전에서 일명을 살펴보고 있습니다. 결과를 기다려 봐야 하지 않을까 합니다."

　"글쎄, 약왕전에서 찾아낼 수가 있을까?"

　심혜 상인은 잠시 미간을 찡그리고 생각에 잠기더니 말을 이었다.

　"그런데 정말 일명이 맞나? 피해를 본 사람들은 모두 그것이 일명이 아니라고 한 것 같은데?"

　"발작을 일으키면 몰라보게 달라지더군요. 몰라보는 게 무리가 아닐 겁니다. 그 시기에 일명이 사라진 것은 너무 공교롭습니다……."

　"어떻게 했으면 좋을지, 자네 생각을 말해 보게."

　심혜 상인이 물었다.

"계지원에서 반대하지 않는다면 그대로 두고서 지켜보았으면 합니다. 제가 살펴본 바로는 체내에 이상이 없어 보였으니 편하게 놓아두고 무슨 일이 있는지 알아보는 것이 좋지 않을까 싶습니다."

"그대로 두잔 말이지……."

"예."

아미타불…….

심혜 상인의 나직한 불호가 방장실을 울렸다.

＊   ＊   ＊

"정말 아무 일 없는 거죠?"

"그렇다."

"정말 여기 다른 일 없는 거죠?"

일명이 다시 물었다.

그 손가락이 가리키고 있는 곳은 자신의 머리통.

"몇 번을 말해야겠느냐? 네게는 아무 일도 없다. 네가 잠들기 전과 지금, 다른 건 아무것도 없다!"

근 반 시진이나 일명을 이리저리 뒤집으면서 진맥을 하고 살펴본 약왕전의 전주, 심주 대사가 단언했다.

"그러면 안 되는데……."

일명이 시무룩하게 중얼거리면서 약왕전을 나섰다.

정말 그러면 안 되는 것이었다.

뭔가 달라져야지, 머리통이 전과 같다면 뭐가 달라진단 말인가!

'돌팔이들! 개뿔도 모르면서……'

일명은 못마땅해서 툴툴거렸다.

그런 일명의 손을 기다리던 일류가 잡았다.

"가자!"

"어딜?"

"어딘 어디냐? 계지원으로 가서 조사를 받아야지?"

"또 뭔 조사?"

"이놈이? 제 맘대로 사흘씩이나 절을 이탈했다가 돌아왔는데, 그럼 아무 조사도 없이 넘어갈 줄 알았더냐?"

일류가 눈을 부라렸다.

그 말에 일명은 피식, 웃었다.

"내가 사흘 동안 이탈…… 무시기한 걸 누가 봤는데?"

"이놈이!"

일류는 일명의 머리통을 쥐어박았다.

"아얏!"

"야, 이놈아! 그렇게 많은 사람이 널 찾아도 코빼기도 보이지 않았는 네, 그럼 지난 사흘 동안 거기서 내내 잤단 말이냐?"

"그럴 수도 있지!"

"뭐라?"

"내가 거기서 안 잤다는 증거를 대봐. 그럼 가지!"

"이……!"

화를 내려고 했다.

그런데 막상 화를 내서 뭐라고 하려니까 할 말이 없었다. 어떻게 증거를 댈 수가 있겠는가?

기가 막힌 일류는 화가 나서 일명의 귀를 잡아당겼다.

"잔소리 말고 오라면 와!"

"아! 아아아야…… 이거 안 놔?"

질질 끌려가면서 일명이 소리쳤다.

놔줄 일류가 아니었다.

"예?"

일류는 눈을 크게 떴다.

"원주님께서 놔주라고 하셨다. 그만 놔주거라."

일묘가 계지원 앞 그루터기에 걸터앉아 있다가 귀찮다는 듯이 손을 휘휘 저었다.

"악!"

일류가 발등을 움켜잡았다.

일명이 세차게 발등을 발뒤꿈치로 찍어버렸던 것이다.

"놓으라면 빨랑 놓지! 언제까지 남의 귀를 잡고 있을 참이야? 내 귀 떨어지면 책임질 거야?"

"너 이놈……."

일류가 발등을 움켜잡고서 깡충거렸다.

"이놈은 무슨…… 사형! 다시 봐요!"

일명은 일묘에게 손을 흔들어 보이고는 바람처럼 사라졌다.

"저, 저놈이! 야 이놈아, 게 안 서?"

일류가 소리치면서 따라가려고 했다.

"가서 뭐 하려고?"

일묘가 물었다.

"뭐 하긴요, 저 여우 같은 놈이 분명히 뭔가 숨긴 것이 있을 겁니다. 그게 뭔지 알아내야지요."

"알아낼 수 있을 것 같으냐?"

"예?"

"또 새벽에 똥통에 빠지고 싶지 않으면 잠자코 있어. 위에서 다 알아서 하실 거니까."

"또, 똥통이라니?"

일류가 눈을 부릅떴다.

어찌 잊을 수 있으랴?

"서, 설마 그 일이 정말, 정말 저 꼬마 놈의 짓이었습니까?"

"그렇다면? 증거있냐?"

"그건……."

"그렇게 쓸데없는 생각을 하니까 진전이 없지! 그만 가봐."

일묘는 귀찮다는 듯 손을 흔들더니 하품을 했다.

마지막 햇살이 기이드는 자리에 앉은 일묘는 눈을 감은 채로 이내 꼬박꼬박 졸기 시작하였다. 잔다는 사람이 대체 무슨 생각을 하는 건지 인상을 잔뜩 쓰고 있는데 심각한 표정이었다.

"……."

그 자리에는 일그러진 얼굴의 일류만 남았다.

*　　　　*　　　　*

향적주.

일명은 인상을 쓴 채로 향적주에 들어서고 있었다.

지독하게 배가 고팠기 때문이다.

며칠간이나 아무것도 먹지 않은 것처럼, 일단 배가 고프다 생각을 하니 기절할 만큼 배가 고팠다.

'정말 사흘이나 지난 걸까?'

일명은 못내 믿기지가 않았다.

"밥 좀 줘!"

일명이 말했다.

반두나 반승은 향적주에서 높은 사람에 속했다.

그러니 그나마 조금 만만한 채승 중의 사미에게 말한 것이다. 전에는 일음에게 이야기를 했다가 주발에 얻어터졌고 그로 인해서 지동(智同)이라는 놈에게 젓가락에 콧구멍을 꿰뚫리는 개망신을 당한 적이 있으니 그보다 더 아래인 사미에게 말을 할 수밖에 없었다.

사미는 힐끔, 일명을 보더니,

"때가 아니니 없수."

같은 사미라고는 하지만 급수가 다르다.

놈의 나이가 자신보다 서너 살 많다고 해도 자신은 일 자 배이고, 놈은 사질인 지 자 배였다. 당연히 알아서 기어야 하는데, 이놈도 알아서 튀어 오른다?

"너, 좋은 말로 할 때 빨리 가져다 놔라."

일명이 으르렁거렸다.

"아예 코뚜레를 끼우고 싶수?"

이 싸가지없는 놈이 옆에 있던 젓가락을 눈으로 가리키면서 웃어 보였다. 거기에 코가 꿰어 허둥대던 것을 비웃는 것이다. 그것을 일명이 모를 리 없다.

"이 새끼가 보자 보자 하니, 너 오늘 뒈졌다!"

일명이 미친 듯 달려갔다.

픽!

일명은 다시 한 번 좌절을 맛봐야 했다.

놈을 잡으려는 순간에 놈이 배추로 일명의 머리통을 위에서 아래로 눌러 버렸던 것이다. 속절없이 바닥에 찌그러진 개구리가 되어야 했다. 배춧잎을 뒤집어쓴 채로.

"이런 씨팔!"

일명은 튕기듯이 일어났다.

픽!

하지만 그것보다 더 빨리 땅바닥에 머리를 처박아야만 했다.

이번에는 주먹으로 일명의 머리통을 쳤던 것이다.

골이 횅한 게, 도무지 정신이 하나도 없었다.

"이런 이십팔!"

욕을 내뱉으며 다시 일어난 일명은 새로 일어나면서 또 욕을 해야 했다.

"제기랄, 삼십팔!!"

"사십팔!!!"

하지만 결국 기진해서 땅바닥에 퍼진 것은 일명이었다.

생각해 보니 말대로 사흘이 흘렀다면 사흘을 굶었다는 말과 같았다. 그러니 나이도 더 많고 무공을 배운 데다가 힘도 더 센 놈을 이길 리가 만무였다.

'천씹할 놈……'

속으로 이를 간 일명은 주린 배를 움켜잡고 숙소로 돌아갈 수밖에 없었다.

비웃음을 등짝에다 달고서.

밤이 되었다.

겨우 밥을 얻어먹을 수 있었다.

더럽지만, 배가 불러오자 살 것 같았고, 그제서야 여러 가지 생각이, 만감이 교차하면서 별의별 생각이 다 들어 머리 속이 복잡해졌다.

여러 가지 일이 있었으니 만과(晩課)는 빼주어 공부는 더 하지 않아도 되었고 숙소에 가서 쉬도록 허락이 되었다.

둥근 달이 어둠을 밝히고 있었다.

멀리서 들리는 풍경 소리…….

목탁 소리도 어느새 정겹고, 독경 소리도 그러하였다.

하지만 숙소 앞 맨땅에 주저앉은 일명은 문득 처량해졌다.

절세의 무공을 배웠다.

그런데, 그게 꿈이라니?

이렇게 생생한데…….

그런데 이게 꿈이라니, 이런 개같은 경우가 있단 말인가?

"말도 안 돼! 그런 허술한 손짓 하나도 못 막아서 그런 개망신을……."

이를 갈던 일명의 눈에 갑자기 빛이 일었다.

향적주에서 놈이 자신을 골리던 그 몸짓, 손짓이 하나도 잊혀지지 않고 선명하게 눈앞에 떠올랐던 것이다.

"설마?"

일명의 눈이 흥분으로 이글이글 타올랐다.

第二章
일명, 복수를 시작하다!

첫째 마당

"가만!"

한달음에 숨도 쉬지 않고 달려왔다.

이를 갈면서.

……넌, 오늘 주거써!

하지만 눈앞에 향적주가 바라보이자 일명은 멈칫, 걸음을 멈추어야

했다.

이 밤에 향적주에 가서 뭘 어떻게 할 것인가?

자는 놈을 불러낸다?

그랬다간 난리가 날 터였다.

천재, 운비룡이 답지 못한 일이었다.

게다가 너무 흥분해서 미처 생각하지 못했던 일이 있었다.

'아직…… 잠을 자지 않았잖아!'

그랬다.

아직 안 잤다.

놈과 싸운 이후에는 아직 자지 않았던 것이다.

'만약 자고 나서 잊어버린다면?'

얼마나 황당할 것인가!

어떻게 한 번 혼을 내준다고 하더라도 그 뒤는?

"으으……."

일명은 열받아서 머리를 움켜쥐었다.

당장 가서 물고를 내고 싶은데 참아야 하다니!

머리를 감싸 쥐고 전신을 부들부들 떨었다. 화를 참을 수가 없었다.

                    *   *   *

"뭐라고?"

심경 대사가 벌떡 일어났다.

"머리를 움켜쥐고서 전신을 떨고 있다고 합니다!"

파르라니 깎은 대머리에서 머리카락이 돋아 나오도록 달려온 일정의 보고에 심경 대사는 더 이상 생각할 것도 없이 땅을 박찼다.

또다시 발작이 일어나는 것이다!

"빨리!"

뒤를 대우 등의 십팔나한이 다급히 따랐다.

달빛이 교교(皎皎)하다.

하늘은 맑았고 구름 한 점이 한가롭다.

그 달빛 아래 자리한 건물은 이미 잠들었다.

하루 종일 불을 지폈던 아궁이에는 불씨만 남았고 요란했던 반승과 채승들도 다 잠이 들어 그저 조용하기만 했다.

"뭐냐?"

대우가 주위를 둘러보았다.

일명이 발작을 했다면, 폭주를 했다면 이미 난리가 났어야 했다. 그런데 이렇게 고요하다니?

"……."

심경 대사도 멀뚱한 표정으로 주위를 둘러보고 있었다.

공력을 돋우어도 들리는 것은 없다.

겉보기로는 그저 고요한 소림사이지만 밤이 되면 경내(境內)에는 천라지망이 벌려진다.

그런데 이렇게 조용하다는 것은 결국 아무 일도 없다는 이야기다.

"뭐라?"

대우가 어이없어서 입을 벌렸다.

"죄송합니다. 일명이 머리를 움켜쥐고 부들부들 떨다가 그냥 방으로 돌아갔다는군요."

"당주님……."

"되었다. 네가 가서 보거라. 아마도 공연히 부산을 떤 모양이니."

심경 대사가 쓴웃음을 머금고는 손을 저었다.

그 눈총은 모조리 일정이 받았다

*　　　　*　　　　*

일명은 아직 거처가 불목하니들의 방이다.

그곳은 승방이 아니라 뒤에 있는 숲에 자리하여 외졌다.

"별다른 점은?"

"그냥 들어가더니 자고 있는 듯합니다."

잇대어 붙은 방 세 개.

대우는 마지막 방으로 가서 슬그머니 문을 열었다.

사람 셋이 누워 있는 모습이 눈에 들어왔다. 어둠 속이지만 그 정도
는 충분히 알아볼 수 있는 대우였다.

문에서 가까운 곳에 웅크리고 자는 일명의 모습이 보였다.

천연덕스럽게 새근새근 이미 잠이 들었다.

'거참……'

대우는 속으로 한숨을 내쉬었다.

태산명동(泰山鳴動)에 서일필(鼠一匹)이라 하더니 딱 그짝이었다. 아
무 일도 아닌 것에 공연히 부산만 떨었으니 창피막심이다. 모였던 사
람들이 누가 볼세라 황급히 흩어졌다.

*　　　　*　　　　*

일명은 잠들지 않았다.

그저 잠자는 척했을 따름이었다.

실제로는 자고 싶었지만 또한 자는 것이 겁나고 두려웠다.

자고 난 다음에 다 잊어먹는다면?

지금은 또렷했다.

분명히 제석참마공을 배웠다.

그리고 그 구결과 벽 속의 부조가 움직이면서 보여주었던 참마팔법의 신기한 행태도 모두가 생생히 떠올릴 수가 있었다.

그러나 자고 나면 어떨까?

모두가 다시 전과 같이 안개 속으로 묻혀 버리는 것은 아닐까?

잠을 자려고 했지만 잠이 오지를 않았다.

"네게 가해진 금제를 해제하리라."

그 괴인의 음성이 귓전에서 울려 퍼지는 것만 같았다.

그래, 맞을 거야!

그때 금제를 해제했다고 했었어.

그렇지 않고서야 내가 깨어날 때는 자고 있었는데, 아직까지 잊어버리지 않고 이렇게 기억할 수가 있었겠어?

일명은 스스로를 위로했다.

하지만 초조했다.

그렇게 전전반측(輾轉反側)하다가 일명은 어느 순간 잠이 들었다.

　　　　　　*　　　　　*　　　　　*

　날이 밝았다.

　향적주가 부산해졌다.

　조과를 마치고 나면 아침을 먹어야 하기 때문이다.

　한두 명도 아닌, 천 명이 넘는 식사를 준비하는 것이 쉬울 리가 없다. 매일 하는 일이면서도 매일, 매끼니 전쟁을 치르는 것과 같았다.

　그런 까닭에 승려들은 스스로 밥을 받아갔고 자신의 바루에다 밥을 먹고는 그것을 먹던 음식으로 깨끗이 닦아 설거지까지 해서 간직을 하게 된다.

　"왜?"

　어제 그놈이 눈을 흘겼다.

　"더 줘."

　일명이 바루를 내밀었다.

　"꼬마가 뭘 그리 많이 먹어? 여기가 무슨 식당인 줄 알아? 그것도 감사하게 먹고 빨리 일어나 나가."

　놈이 코웃음을 치면서 다른 사람에게로 눈길을 돌렸다.

　"야, 너 이름이 뭐냐?"

　"왜?"

　이 자식은 지가 뭔 귀족이라고 허구한 날 말이 반 토막이냐?

　"하극상이 뭔지 알고 싶으냐?"

　일명의 말에 녀석이 피식, 웃었다.

　"그게 뭔데?"

일명이 고개를 내밀었다. 그리고 낮게 웃으며 말했다.

"이 시팔노마!"

순간.

"……!"

녀석의 얼굴이 일그러졌다.

얼굴이 시뻘게지는 순간에 옆에서 짜증 섞인 음성이 터졌다.

"뭐 하는 거냐? 아직도 거기서!"

향적주의 대장인 반두(飯頭)가 사납게 노려보고 있었다.

아침 공양은 특히 바쁘다.

그런데 빨리 움직이지 않고 노닥거리고 있으니 이대로면 경치기 딱 좋다.

"너, 두고 보……!"

급히 그쪽으로 달려가려던 녀석은 일명이 슬쩍 밀어버린 반상 모서리에 걸려 하마터면 엎어질 뻔했다. 넘어지지 않기 위해서 허우적거리며 앞으로 달려간 녀석은 푹신한 곳에 얼굴을 박았다.

그리곤 그 얼굴은 사색이 되어버렸다.

밥솥에서 밥을 푸는 사람의 엉덩이를 머리로 받았기 때문이다. 하마터면 그 사람을 밥솥 안으로 밀어 넣을 뻔한 것이다.

"너 이놈, 뭐 하는 짓이냐?"

가뜩이나 김이 퍽퍽 나는 솥에서 밥을 푸느라고 애를 먹고 있던 사형은 노해서 뜨거운 밥주걱으로 녀석의 볼을 철썩! 후들겨 팼다.

"켁!"

녀석은 눈물이 핑─ 돌았다.

지독하게 아팠고 여기저기에서 킥킥, 웃는 소리가 들려오자 쥐구멍이라도 있으면 들어가고 싶었다.

'이놈이!'

일명을 노려보자 일명은 그를 향해 웃고 있었다.

소리없이 사악하게.

노기탱천, 달려가려 했지만 일명은 이미 자신의 자리에 냉큼 날아가서 태연히 밥을 먹는 척하고 있었다. 그 와중에 쫓아가서 일명을 패준다면, 팰 수야 있겠지만 그 뒷감당이 어려웠다.

아무리 그래도 일명은 자신의 장배(長輩)인 것이다.

겉으로 드러내 놓고 그걸 무시한다면 무사하기 어려웠다.

"두고 보자…… 아니, 저놈이!"

이를 갈던 녀석은 일명이 자신을 힐끔 돌아보면서 메롱, 혀를 내밀어 보이고는 고개를 돌리는 것을 보자 뚜껑이 열렸다.

얼굴에서 화산이 폭발했다.

전신이 부들부들 떨렸다.

*   *   *

일명은 다람쥐처럼 돌아다니면서 낙엽을 긁어모았다.

평소라면 대충 꾀를 부렸었다. 그런데 오늘은 달랐다. 금방 먹은 아침배가 꺼지도록 아주 열심히 돌아다니면서 낙엽을 모으고 있었다.

그러던 중 씩씩거리는 소리에 고개를 들어보니 향적주의 그놈이 산자락을 달려 올라오고 있지 않은가.

"너 거기 서 있어, 꼼짝 마!"

녀석이 소리쳤다.

일명은 그러거나 말거나 신경도 쓰지 않고 일을 하는 척했다.

아예 신경도 쓰지 않는 일명의 태도에 녀석은 더욱 화가 났다. 얼굴이 시뻘게졌다.

"이놈이!"

달려온 녀석은 대뜸 일명의 머리를 쳤다.

순간.

"으악!"

녀석이 죽는 소리를 하면서 손을 움켜쥐었다.

움켜쥔 손에서 피가 흘러 내렸다.

"너, 너 이놈……."

녀석의 얼굴이 일그러졌다.

일명이 그를 보면서 씨익, 웃어 보였다.

일명의 손에는 나뭇가지 하나가 들려 있었다.

신경도 안 쓰는 듯 보였던 일명은 실제로는 녀석이 자신의 머리를 치는 순간에 손에 든 나뭇가지를 내밀었던 것이다. 그것은 너무 시기가 적절하여 녀석인 일명의 머리 대신 그 나뭇가지의 끝을 손바닥으로 치고 말았다.

손바닥이 꿰뚫리지 않은 것이 다행이었다.

"크으윽! 너어…… 너 죽었다!"

머리 꼭대기까지 화가 난 녀석은 대뜸 손을 휘둘러 일명을 쳤다.

앞을 치는 나한권 탄사천구(彈射天狗)의 일식, 앞으로 진각을 밟으며 그 힘으로 허리를 돌리고 주먹을 돌리면서 적을 치니 강력한 타격이었다. 일명 같은 어린아이가 견딜 수 있는 것이 아니다.

"악!"

하지만 비명을 터뜨린 것은 녀석이었다.

한 걸음을 앞으로 내딛었던 녀석은 비명과 함께 껑충거리며 물러났다. 앞으로 내딛었던 발의 발바닥을 움켜잡고 있는데 거기서도 핏물이 뚝뚝 떨어졌다.

"바보! 잘 보지 그랬어? 여긴 산이야. 바닥에 뭐가 있을지 모른단 말이야."

일명이 하하 웃었다.

좀 전에 발을 딛었던 곳에는 끝을 깎아놓은 나뭇가지가 꽂혀 있었다.

슬쩍 봐도 날카롭다는 것이 그냥 눈에 들어왔다.

나뭇가지가 저절로 저렇게 창이 꽂히듯 땅에 박혀 있을 리가 없었다.

이젠 정말 참을 수가 없었다.

나 말리지 마라!

"크아악!"

녀석, 지상(智相)은 채승의 비전무공을 발휘하여 일명을 덮쳐 갔다.

사정이고 뭐고 볼 것도 없었다.

눈에 뵈는 게 없었다.

하지만 그것은 악몽의 시작이었다.

주먹을 내밀자 아슬아슬하게 허탕을 쳤다.

화가 나서 발길질을 하면 헛발질.

대체 어떻게 되어서 하룻밤 사이에 이런 일이 일어날 수가 있는지 지상은 이해할 수가 없었다. 그저 화가 나서 계속해서 미친 듯이 일명을 공격할 따름이었다.

아무리 그래 봐도 이미 당해보았던 초식이었고, 그 초식을 전혀 잊어먹지 않고 있는 일명이다.

이젠 거기에 당할 리가 없었다.

"저런, 밑천이 다 떨어졌군! 그걸로는 안 되잖아?"

픽!

일명이 웃으며 녀석의 사타구니를 발끝으로 차올렸다.

달려들던 놈의 낭심을 찬 것이니 입에서 거품을 물면서 주저앉는 것 외에는 방법이 없다.

"벌써 지쳤어?"

일명이 그 앞에서 고개를 내밀어 지상을 들여다보면서 물었다.

"너어……."

지상이 사납게 고개를 쳐들었다.

"너라구?"

일명은 그 얼굴, 관자놀이를 사정없이 주먹으로 쳤다.

"악!"

지상이 비명을 지르며 머리를 움켜잡았다.

"소림의 십이규조 중, 제사조! 부준양권무조(不准揚拳舞爪)이며 이하 범상(以下犯上)— 힘을 과시하거나 윗전을 범하면 안 된다. 기억나?"

일명은 말을 하면서 주먹을 쉬지 않았다.

어느새 올라타고 주먹질인데, 아래에 깔린 지상에게서 연달아 비명 소리가 들렸다.

하지만 아랑곳없이 주먹을 휘둘렀다.

"제육조, 부준이대압소(不准以大壓小), 공보사구(公報私仇)! 강함을 빙자하여 약자를 누르거나 사사로운 복수를 하면 안 된다. 다시 제십 이조가 뭐였지? 요극기화중(要克己和衆), 조인성미(助人成美)! 스스로를 다스려 사람들과 잘 지내며, 사람을 도와 원하는 바를 이루게 하라가 아니었어?"

퍼퍼퍽!

일명의 주먹에 핏물이 튀었다.

"그런데 감히 네 녀석이 십이규조 중의 세 개나 우습게 보고서 소림 사를 우습게 보았다 이거지? 넌 파문을 당해도 싸다!"

"제, 제발⋯⋯."

"제발은 무슨, 씨팔이다!"

일명은 입도 쉬지 않았고 주먹도 쉬지 않았다.

퍽퍽퍽―!

지상의 입에서 게거품이 게워져 나왔다.

눈이 까뒤집어졌다.

"십불허! 열 가지 허락하지 않는 것!"

퍼퍼퍽!

핏물이 튀었다.

"그 아홉째, 불허시유본령(不許恃有本領), 위요사장(違拗師長)! 재능을 믿고 스승과 윗사람의 뜻을 거스르는 것을 허락하지 아니한다. 잊고 있지는 않겠지?"

"사, 살려주세요…… 살려어…… 제발, 사숙님!"

지상은 무릎을 꿇고 머리를 땅에다 처박은 채로 두 손을 머리 위로 올려서 싹싹 빌고 있었다.

"정말이냐?"

"저, 정말입니다요! 앞으로 뭐든 사숙께서 시키시는 일이면 뭐든지 다 하겠습니다!"

"좋아, 어김이 있을 시에는?"

"지옥에 떨어질 겁니다!"

녀석이 다급히 복창했다.

그 말에 만족한 듯 일명은 씨익, 웃었다.

시작이었다.

복수는…….

둘째 마당

다음날.

향적주에서는 일대 사건이 벌어졌다.

…….

작게 시작된 침묵.

하지만 그 침묵이 시간이 갈수록 커져 벌어진 입을 다물지 못하게 하니 모두 눈만 끔벅거리고 있을 뿐이다.

처음은 일명이 장작을 가지고 왔을 때였다.

불목하니가 장작을 나르는 것은 당연한 일이고, 그게 어린아이, 사미라고 할지라도 자신의 일은 자신이 하는 소림사의 규칙상 너무도 당연했다.

그런데 채반의 사미인 지상이 냅다 달려가서 그 장작을 받아주는 걸 보고 사람들은 저놈, 어쩐 일이래? 라고 가볍게 치부했었다.

괴변은 그 다음부터였다.

"누룽지 없냐?"

지상이 장작을 가져다 놓는 걸 너무나 당연한 듯 보고 서 있던 일명의 말에,

"아예, 사숙님! 여기 있습니다!"

눈두덩이 퍼렇게 부어오른 지상이 눈썹이 날리게 달려가더니, 향적주 한쪽에서 누룽지를 가져다가 일명에게 갖다 바치는 것이 아닌가!

깍듯한 태도였다.

"그래, 노릇노릇한 게 맛있겠다……."

아침에 긁어낸 건지 구수한 냄새가 진동하는 누룽지를 쥔 일명은 충성~을 맹세하는 지상의 어깨를 툭툭 치고는 향적주를 나섰다.

…….

그 믿기지 않는 광경에 모두는 말을 잃었다.

어제까지만 해도 장난감처럼 다루던 일명이 아닌가, 그런데 저게 무슨 변고란 말인가?

그때.

입구에서 나물을 다듬고 있던 젊은 중, 지변이 일명의 손에서 누룽지를 탁, 채가면서 말했다.

"밥 먹은 지가 얼마나 되었다고 누룽지야? 얼른 가서 땔감이나 날라와."

"시팔놈……."

"뭐라고?"

지공이 일명을 노려보았다.

"시팔놈이라고 했다. 넌 위아래도 없냐?"

일명이 녀석의 아래위를 훑어 내리면서 불량스럽게 말했다.

"그냥…… 패주려다 참는다. 몇 번이나 가르쳐 줘야 알아듣겠어? 불목하니는 배분 따위가 소용없단 말이야! 또다시 소림쌍죽저의 맛을 보고 싶은 게야?"

녀석이 일명의 뺨을 툭툭 치면서 말했다.

"해봐."

"뭐?"

무슨 소리냐는 듯이 녀석이 눈을 끔벅거렸다.

"해보라고! 이 거북이 꼬랑지 같은 놈아."

일명의 말에 지공은 얼굴이 붉어졌다.

설마 하니 이게 의도적인 도발인지, 자신의 화를 돋우어 평정심을 잃게 만들기 위한 수순인 것을 당시에는 짐작조차 하지 못했다. 아무려면 어린아이인 일명이 그렇게까지 냉정하게 모든 걸 계산할 것은 소림사 전체를 통틀어 보아도 짐작할 사람은 어디에도 없었다.

소림사가 무림 중의 문파라 할지라도 그 근본은 선(禪)에 둔 절이니, 궤계(詭計)와는 거리가 멀기 때문이다.

화가 난 지공은 대뜸 일명의 따귀를 올려붙였다.

하지만 채 따귀를 올리기도 전에 지공은 입을 딱 벌렸다.

그전에 일명의 발끝이 무섭게 허공을 가르며 지공의 사타구니 사이에 박혀 있었던 것이다.

"끄으윽……?!"

지공이 양손으로 바람처럼 사타구니를 움켜쥐는 순간에 놈은 다시 금 눈을 부릅떠야 했다.

"끄으?"

고개가 절로 쳐들렸다.

콧구멍을 뚫을 듯 치켜 올라오고 있는 젓가락 한 쌍.

일명이 어디서 난 건지 대나무 젓가락 두 개를 손가락 사이에 끼워 위로 올리며 눈웃음을 치고 있었다. 당연히 그 젓가락 끝은 지공의 콧 구멍에 성난 머리를 디밀고 있는 상태였다.

"새로 시작되는 전설, 소림쌍비공(少林雙鼻孔)! 어떠냐?"

"이……!"

지공이 화를 참지 못하고 발작을 하려 했다.

하지만,

"콧구멍 위로 구멍이 두 개 더 생겨도 난 몰라."

일명의 말에 지공은 그대로 굳어져야 했다.

실제로 사정없이 틀어박힌 죽저로 인해 고통이 컸던 까닭이다. 그것 은 정말 일명이 힘을 쥐버릴지도 모른다는 공포가 되었다.

"치사한 놈, 사숙께서 먹으려던 누룽지를 탐내다니……."

일명은 녀석의 손에 들려 있던 누룽지를 탁, 잡아챘다.

하지만 이내,

"이런, 더러운 손때가 다 묻었잖아? 너나 먹어라!"

일명은 그 누룽지를 녀석의 얼굴에다 갈아버렸다.

누룽지가 고소한 걸 모르는 사람은 없다. 하지만 그건 먹을 때나 이 야기지, 실제로 그 누룽지의 눌어붙은 딱딱한 면으로 얼굴을 갈아버리면 그건 결코 좋은 기분일 리가 없었다.

"으악!"

비명을 뒤로하고 일명은 기분 좋게 향적주를 나섰다.

"······?"

그 모습을 보고 지상은 고개를 갸우뚱했다.

당해봐서 아는 것이다.

일명 사숙 놈(?)이 절대로 저렇게 끝낼 인간이 아닌데, 저렇게 간단히 용서해 주고 만단 말인가?

설마, 나만 그렇게? 그렇다면 그건 너무 불공평했다.

'시팔, 말도 안 되잖아!'

어느새 옮았는지 속으로 욕설이 터져 나왔다.

그때였다.

"게 서라!"

분노한 고함 소리가 터져 나왔다.

소림사의 향적주는 규모가 규모이니만큼, 앞문과 뒷문이 있다. 당연히 불목하니들은 뒷문으로 들락거린다.

일명 또한 뒷문으로 들어갔다가 나왔다.

그 뒤를 지공이 콧김을 뿜어내면서 미친 소처럼 달려오고 있었다.

수중에는 녀석이 자랑하는 대나무 젓가락 한 쌍이 들려 자못 흉흉한 기세로 딱딱거리고 있었다.

'바보 녀석, 걸려들었네!'

내심 피식, 웃은 일명은 등 뒤까지 녀석이 달려온 것을 느끼곤 빙글 돌았다.

"서면 어쩔 건데?"

일명이 불쑥 고개를 내밀자,

"당해보면 알⋯⋯!"

마지막 말은 끝내지도 않고 지공은 젓가락으로 일명의 코를 찔렀다.

휙─

일명이 슬쩍 고개를 젖히자 얼굴 옆으로 젓가락이 지나갔다.

"그래, 너나 알아봐라."

말과 함께 일명은 녀석의 따귀를 철썩, 올려붙였다.

잡아 죽일 듯이 달려오던 지공은 채 피하지도 못하고 그대로 따귀를 맞고 말았다. 타격이야 크지 않았지만 여러 사람이 보는 앞에서 따귀를 맞은 기분은 그야말로 더럽다.

쉬운 일인 듯했지만 결코 쉬운 일이 아니었다.

그의 행동을 모두 예측하고 있지 않다면 할 수 없는 일이었기 때문이다.

"태공조어(太公釣魚)!"

분노한 지공이 젓가락을 빙글 돌려 일명을 쳤다.

태공조어의 일식은 몸을 틀고 바깥쪽으로 다리를 차돌리면서 젓가락으로 상대를 찍는다.

그러니 지금의 상황에서는 아주 적절했다.

그러나 다른 발 쪽으로 일명이 넙죽 주저앉아 버리니 모든 게 끝이었다.

"악!"

비명이 터진 것은 일명이 아니라, 지공에게서였다.

주저앉은 일명이 땅바닥에 미리 놓아두었던 몽둥이를 집어 들어 지공의 정강이를 후려쳤기 때문이다.

빠각!

뼈가 부러지는 소리가 났다.

소위 족삼리(足三里)라는 곳이니 그 고통이야 치가 떨릴 만했다.

빡!

다시 친 곳은 젓가락을 든 오른 손목 뼈.

비명과 함께 젓가락이 떨어졌다.

일명이 치는 것은 기혈의 순서에 따른 것이니 아무런 준비도 없이 맞선, 그것도 일명을 한없이 깔보고 덤빈 지공으로서는 대책없이 맞을 밖에는 다른 방법이 없었다.

그렇게 엉거주춤 손을 잡은 지공에게 떨어진 결정타는,

"회신타견(回身打犬)!"

따―앙!

지공은 일명이 손에 든 주발로 귓방망이를 후려갈기자 그만 비명을 지르고 말았다.

이 회신타견의 일초는 소림복호쌍발의 절초 중 하나였다. 주발로 펼치는 이 일초는 개도 한 방에 잡는다는 위력이 있었다.

그러니 골이 휑하지 않을 수가 없었다.

'이게 뭐야?'

대체 어디서 주발이 나타난 거지?

방금까지는 몽둥이였는데…….

하지만 더 생각을 할 겨를은 없다.

맞을 때마다 한 곳이 비고 그때마다 연달아 주발과 몽둥이가 날아들 었기 때문이다.

그런데 그게 기묘하게 기혈의 움직임을 계산한 아시혈(阿是穴)[1]이었 다. 말 그대로 사반공배(事半功倍), 힘에 비해 두 배, 세 배는 아팠다. 일명의 힘이 모자란다 할지라도 정작 지공은 전신이 부서지는 고통에 대항조차 할 수가 없는 판이다.

"아아……."

죽는 소리를 하면서 지공이 머리를 치켜들었다.

땅바닥에 쓰러져 복날 개처럼 얻어맞고 있던 지공이 그냥 머리를 치 켜든 것은 아니었다.

그 콧구멍을 꿰고 있는 것은 방금 그가 들고 왔던 대나무 젓가락, 그 러니 감히 머리를 처박고 있을 수가 없지 않은가!

"이게 뭐라고 했었지? 아, 돈수앙천(豚首仰天)이라고 하면 되겠군. 이 돼지머리야, 소림십이규조의 제사조를 외워봐."

"그, 그건……."

그 말뜻을 깨달은 지공은 얼굴이 일그러졌다.

맞을 만큼 맞았다.

그러니 이 마당에 그 말까지 하고 싶지는 않았다.

제사조야말로 힘을 과시하거나, 윗전을 범하면 안 된다였다.

그걸 지금 외라는 것은 죽으라는 것과 마찬가지였다. 그 말을 하고 서 다시 달려들거나 복수를 꿈꿀 수는 없을 테니까.

---

1) 정해진 혈도가 아니라 그때마다 생기는 혈도. 예를 들어 어디를 맞아 눌러 아프다면 그 자리가 바로 아시혈이 된다.

"난 일곱 살에 이미 사람을 죽였어. 너 하나 죽이는 건 일도 아냐! 네 녀석 코에다 구멍을 더 뚫어주는 건 일도 아니지."

일명은 불쑥, 젓가락을 치켜 올렸다.

지독한 고통!

"으—아악!"

지공은 벌떡 일어났다.

행동이 조금만 늦는다면 정말 콧구멍 위로 구멍이 뚫릴 판이었기 때문이다.

물론 일명의 일곱 살에 살인 운운은 거짓말이다. 그러나 이 순진한 청년승 지공은 당연히 거짓말인 것을 알지 못했다.

그러니 정말 죽일지도 모른다는 공포가 전신을 훑었다.

일명은 젓가락을 자신의 앞으로 당겼다.

그리곤 엉거주춤, 딸려온 놈의 얼굴을 노려보면서 말했다.

"내가 너의 누구냐?"

"넌……."

퍽!

"크악!"

지공이 다시금 사타구니를 움켜잡으면서 바들바들 떨었다. 주저앉고 싶은데 그러면 젓가락에 코가 뚫릴 테니 그러지도 못하고 엉거주춤 벌벌 떨고 있는 것이다.

"내가 너의 누구지?"

일명이 다시 은근한 어조로 물었다.

"그, 그…… 으악!"

지공은 비명을 지르며 뒤로 벌렁 넘어졌다.

일명이 멈칫거리는 지공의 눈탱이를 주발로 사정없이 갈겨 버렸던 것이다.

퍽퍽퍽!

아무 말 없이 일명은 지공을 무자비하게 들고 찼다.

밟을 때는 확실히.

그게 일명의 좌우명이고 겪어본 경험이었다.

다시는 반항할 수 없도록 밟아줘야만 한다.

그때였다.

"그만두지 못해!"

한 사람이 호통을 치면서 일명의 앞에 나섰다.

"아하, 너로군."

일명은 나타난 사람을 보고 고개를 끄덕였다.

그를 주발로 사정없이 패준 향적주의 일음. 바로 소림복호쌍발이란 괴초(怪招)로서 향적주에도 절기가 있음을 알려준 그 일음이었다.

"대체 이게 무슨 짓이냐? 사람을 이렇게 패다니!"

"무슨 짓이라니? 네가 사람을 패면 되고 내가 아랫사람의 버릇없음을 훈계하는 건 안 된다는 거야?"

"이게 무슨 훈계냐?"

"그럼 힘없는 어린애를 패는 건 뭐였지?"

일명의 말에 일음은 잠시 침음했다.

아무리 일음이 일명보다 어른이라고 할지라도 닳고닳은 일명을 말로써 이긴다는 것은 처음부터 불가능한 일이었다.

"공연히 말 돌리지 말고, 붙어보고 싶으면 뎀벼!"

일명이 덤비라는 듯이 손가락을 까닥거렸다.

기도 차지 않았다.

복날 개처럼 얻어맞은 지가 얼마라고 저놈이…….

그때였다.

퍽!

으악!

지공이 비명을 지르며 얼굴을 감싸 쥐었다.

일명이 뒷발질을 해서 지공의 얼굴을 차버렸기 때문이다.

"……."

그것을 본 일음의 얼굴이 굳어졌다.

앞에서 보았으니 어떻게 된 일인지 너무 잘 보였다.

자신과 말을 하는 틈을 타서 지공이 이를 갈며 일명의 발을 잡아당기려고 했다. 일단 넘어뜨리면 덩치로 깔아뭉개는 건 일도 아니었다.

그런데 기묘하게도 손을 뻗는 순간에 뒷발질.

지공은 그 발길질에 얼굴을 들이민 꼴이 되어 저 모양이 된 것이다.

저게 우연이라고 믿기에는 일이 너무 공교로웠다. 자신이라고 할지라도 지공을 저렇게 만만하게 다룰 수는 없었다.

캑…….

괴이한 신음이 밑에서 이지러졌다.

일명이 털썩, 지공의 머리통 위에 주저앉아 버렸던 까닭이다.

第三章

복수는 빠를수록 좋다

첫째 마당

"말해 봐."

일명이 지공의 머리를 깔고 앉은 채로 말했다.

손에 든 주발로는 지공의 머리통을 툭툭 치면서.

"소림사의 십이규조는 소림사에서 계(戒)를 받은 놈이라면 누구나 지켜야 하는 거지. 그게 주방이든 똥간이든 말이야! 그러니 너도 모를 리 없겠지? 몰라? 정말 모른다고?"

땅! 따당…….

일명이 지공의 머리통을 신나게 주발로 두들겼다.

"좋아! 그럼 네가 십이규조를 모른다고 하더라고 내가 계지원에 가서 알려줄게."

"자, 잠까― 안……!"

일명의 엉덩이 밑에 깔린 지공이 억눌린 소리를 내뱉으며 허우적거렸다. 흙바닥에 입을 박고 있으니 소리가 제대로 나올 리가 없다.

'저놈이 왜 일어나질 않지?'

일음은 그 광경에 괴이하여 고개를 갸웃거렸다.

지상은 몰라도 지공은 이십대 청년이다. 겨우 열두어 살의 애가 깔고 앉았다고 못 일어난다면 말이 되질 않는 것이다.

그러나 그가 어찌 알 것인가!

지공이 좀 전에 얻어맞았던 것이 모두 기혈이 지나던 혈도였음을.

지금이 신시(申時:오후3─5시)이니 기혈은 족태양방광경(足太陽膀胱經)을 지나는 시간이다. 이렇게 그 기혈이 지나는 혈도에 타격을 받으면 충격이 매우 클 수밖에 없다.

일명은 자신의 금제를 해제하기 위한 공부를 하면서 이미 혈도를 달달 왼 상태였다. 안 그래도 천재적인 머리, 그 머리가 그간의 분을 푸는 데 소홀할 리가 없었다. 팰 때마다 마음먹고 중요한 혈도를 골라 때렸다. 일명이 미리 준비했던 몽둥이와 주발을 사용한 이유가 바로 그 때문이었다. 타격을 더 크게 하기 위한.

그렇게 혈도를 마디마디 얻어맞았는데 어찌 힘을 쓸 것인가?

아무리 악을 써도 허우적거리는 게 다였다.

일명이 지공의 머리통을 깔고 주발로 두드리는 것 또한 그 때문이다.

통천(通天)에다 옥침(玉枕) 등 머리에 있는 족태양방광경의 혈도를 주발로 계속 치면서 말을 하니 힘을 쓰기는커녕, 허우적거리는 게 고작일 뿐이었다.

그저 폭주(?)로만 보이는 일명의 이 복수극에 이렇게 치밀한 준비가 되어 있음을 여기 있는 순진한 사람들은 아무도 알아보지 못했다. 알아보기는커녕, 생각조차 하는 사람이 없었다.

"내, 내가 잘…… 못했어……."

"했어?"

일명은 인상을 찡그렸다.

"개새끼도 대장 개와 부하 개가 달라. 대장 개 앞에서는 꼬리를 세우는 법이 없지. 그런데 감히 아랫것이 사숙께 했어라?"

따따땅! 땅!!

주발이 때리는 힘이 강해졌다.

둔탁한 종소리가 울려 퍼졌다. 가락까지 싣고서…….

"크악! 크에엑!! 살려주―세요! 잘못했어요!!"

"했어요? 말본새봐라? 네가 애냐?"

빠빠빵! 땅!!

지공의 머리통은 밤송이가 튀듯 부어오르기 시작했다.

지공은 거의 기절할 상태가 되어 소리쳤다. 손은 이미 허우적거리지도 못하고 그저 발발거리며 까딱거릴 뿐이다.

"잘못했습니다! 잘못했습……."

"다시는?"

"다시는 안 그러겠습니다."

번개처럼 튀어나오는 말.

하도 머리통을 맞아 제가 뭘 하는지도 알기 어렵다. 이 불쌍한 지공은 맞는 것만 겁나고 다른 것은 아무것도 생각나지 않는 상태였다.

"그만 하지 못해! 너무하잖아!"

일음이 한 걸음 앞으로 나서며 소리쳤다.

일명은 사납게 고개를 홱, 쳐들어 그를 쏘아보았다.

"너무? 그럼, 사질이 사숙을 패는 것을 방관하는 것이 소림사의 법도인가? 그래? 그렇다면 우리 어디 계지원에 가서 한번 따져 보기로 할까?"

"너……."

"아직은 놀고 있을 뿐이야. 하지만 날 건드리면…… 난 미쳐 버릴지도 몰라. 그 결과를 네가 책임질 수 있어?"

일명이 묘하게 웃어 보였다.

그 웃음을 보는 순간, 일음은 공연히 가슴이 서늘해졌다.

어디든 내부의 소문은 빠른 법이다.

일명에 대한 소문 또한 위에서 일명을 눈여겨보고 있다는 것 정도는 돈 지 오래다. 게다가 며칠 보이지 않으면서 묘한 소문이 돌았던 것도 있어 일음은 뒤가 켕기기 시작했다.

"자신없으면 나서지 말아. 너도 무사하긴 어려울 거야."

일명이 씨익, 웃었다.

"난 받은 건 그대로 돌려주거든. 아!"

일명은 주발로 자신의 머리를 툭, 쳤다.

"아야! 젠장, 너무 세게 때렸네! 아이고 시팔, 아파라……."

일명은 인상을 쓴 채로 머리를 연신 쓰다듬었다.

"그게 말야, 돌려주긴 하는데 계산이 철저하지. 늘 이자까지 붙어서 돌려주거든? 기대해도 좋을 거야."

연신 머리를 쓰다듬으면서 투덜거리듯 웃음까지 보이는 일명의 말에 일음은 공연히 가슴이 서늘해졌다.

아무리 생각해도 벌집을 건드린 느낌이 들기 시작했다.

'저건…… 애가 아냐!'

일음은 엉거주춤, 어떻게 하질 못했다.

그때였다.

"그만 해두거라."

침중한 음성 하나가 들려왔다.

오십 줄에 들어 보이는 승려 하나가 커다란 나무 주걱 하나를 든 채로 향적주 뒷문에 모습을 드러냈다. 뚱뚱한 것이 일묘 못지않았다. 아니, 더 거구였다.

일명은 그가 누군지 알고 있었다.

향적주의 주인이라고 할 반두(飯頭), 대공(大工).

별로 말이 없지만 나무 주걱을 들고 설치는 그의 명령에 향적주에서는 어느 누구도 감히 반항하지 못한다.

"그만하면 분을 대충 풀지 않았느냐? 내가 아이들에게 일러놓을 테니 그만 하거라."

"이 정도는 받은 걸 돌려준 정도뿐인데요?"

"그럼?"

"두 번 정도는 더 해야 이자가 되죠. 저도 양심이 있지, 어떻게 받은 거만 돌려줄 수가 있겠어요?"

"살려주세요……."

밑에 깔린 지공이 허부적거리면서 소리쳤다.

그래 봐야 일명이 엉덩이에 힘을 주고 깔아뭉개자 입을 땅바닥에다 갈아버려서 제대로 소리조차 내기가 어려웠다.

"원하든 원하지 않든 간에 너도 불문의 제자다. 일단 사미가 된 다음에는 말이다. 그런데 받은 대로 돌려준다면 그건 불문의 제자가 할 말은 아니지. 인과 연은 자신이 할 탓이니 너 또한 수행을 쌓아 남의 잘못을 용서할 줄 알아야 진정한 불제자가 될 것이다."

얼레?

일명은 눈을 끔벅이면서 반두인 대공을 바라보았다.

늘 저 주걱을 들고 돌아다니던 반두였다. 볼 때마다 그 커다란 밥솥에서 밥을 푸느라고 정신이 없던 자였는데, 저런 선승(禪僧)과 같은 말을 하다니…….

"킥……!"

일명은 이마를 짚었다.

역시 소림사는 소림사라는 건가?

"좋아요."

일명은 깔고 있던 지공의 머리통에서 일어섰다.

"대공 사숙의 얼굴을 봐서 오늘은 이만 해두죠."

툭.

일명이 그 상태에서 뒷발질을 하자 막 일어나려던 지공은 얼굴을 맞아 아이고! 하면서 얼굴을 감싸 쥐고 쓰러졌다.

"엄살 부리지 마. 너 내 얼굴을 다시 볼 때 어떻게 하는지 볼 거야, 알겠어?"

"예, 예! 사숙님!"

지공은 고개도 못 들고 소리쳤다.

나중에 놀림감이 되겠지만 이 당시에는 정말 아무런 생각도 없었다. 나질 않았다.

척척척—

일명은 기운차게 걸어서 일음의 앞에 섰다.

그리곤 그를 올려다보면서 하는 말.

"기억해 둬."

"……?"

"이게 끝이 아니라 시작이라는 걸."

'시작이라고?'

멀뚱한 일음의 얼굴.

이미 저만큼 앞서 가던 일명이 고개를 돌리더니 그를 향해 웃어 보였다.

"하마터면 잊어버릴 뻔했네! 밤에 뒷간 가면 조심하는 게 좋을 거야. 귀신하고 만나지 않으려면……."

저게 무슨 소리지?

사람들 모두가 의아했다.

심지어는 그 말의 당사자인 일음까지도.

그러나 밤이 되자 일음은 알 수 있었다.

그 말의 의미를…….

원래 일음은 귀신을 무서워했다.

게다가 뒷간을 꼭 밤에 가는 습관이 있었다.

처음에는 몰랐지만 가서 앉아 있기만 하면 컴컴하고 까마득한 아래

가 내려다보이고 뒤에 누가 앉아 있는 것만 같아 황급히 뒤를 돌아보
기도 하였다. 금방이라도 일명이 나타날 것 같기도 하고 정말 귀신이
나타날 것 같아 불안하기 짝이 없었다.

알아보니 계지원의 일류도 그렇게 당했다고 하니 더욱 불안했다.

사흘이 지나면서 일음은 얼굴이 누렇게 뜨기 시작했다.

잠을 자지 못하고 뒷간을 제대로 갈 수 없으니 너무 당연한 일이었
다.

둘째 마당

구름이 흘러가고 있었다.

푸른 하늘은 그저 맑기만 하고 싱그러운 바람도 좋았다.

일명은 풀밭에 누워 풀잎 하나를 입에 문 채로 건들거리고 있었다.

"그 바보 녀석, 아마도 똥도 못 누고 끙끙거리고 다닐 거야."

일명은 생각할수록 고소해서 손뼉이라도 치고 싶었다.

보나마나 여기저기 조사를 했을 것이고 뒷간에 갈 때마다 보초를 세우거나 똥통 아래위를 올려다보고 내려다보고 뒤돌아보느라고 똥도 제대로 못 누겠지?

그것은 처음부터 일명의 작전이었다.

원래 일음을 거기서 괴롭힐 생각 따위는 애초에 없었다.

일음은 지공 등과는 달리 일 자 배였다.

지닌 공력이 달랐다.

아무리 지금의 일명이 전과 달리 지난 초식을 모조리 다 기억한다고 해도 상대하기가 거북한 고수인 것이다.

하룻밤을 자고 깨어난 일명은 정말 미치도록 기뻤다.

자고 나면 까먹던 그 초식들, 그 동작들이 생생히 뇌리에 떠올랐기 때문이다.

그리고 꿈속처럼 생각되던 그 제석참마공까지 모두가.

말 그대로 발광을 하면서 소리치고 싶었다.

"앗싸! 참마팔버—업!!"

하지만 절대로 그렇게 할 수는 없었다.

누구에게도 내비치지 않겠다고 약속한 일이었다.

물론 그 약속 따위에 구애될 일명은 아니지만 그렇다고 내가 이런 무공을 배웠어! 라고 광고할 생각 따위는 정말로 눈곱만큼도 없었던 것이다.

무공을 배울 수 있다고 생각하니, 제일 먼저 떠오른 것이 자신을 물 먹인 놈들이었다.

그래서 제일 만만한 지상이부터 족친 것이다.

일음은 차례가 좀 남았다.

실력이 모자라면서 달려드는 건 바보 짓이고, 일명은 결코 바보가 아닌 영악의 극을 달리는 꼬마였으므로.

"네 스스로 빌러와서 내 발을 핥으면 몰라도 아니면 나중에 더 후회

하게 해줄 거야."

일명은 싱글벙글 웃었다.

퍽! 퍽!!

둔탁한 소리가 들려오고 있었다.

일광.

불목하니 중에서 가장 거구인 그가 옆에서 도끼질을 하고 있었다.

퍽퍽 날아가는 장작, 겨울을 대비하여 그는 장작을 패고 있었고 그
장작을 일명은 날라야 했다.

여전히 그의 도끼질은 예술이었다.

'결이 있어 보이는구나……'

신기하게도 뭔가 달라 보였다.

도끼질이 그냥 휘두르는 것 같지가 않았다.

"재미있군……"

일명이 누운 채로 그것을 보면서 웃었다.

기이하게도 그 손짓이 눈에 들어오고 있었던 것이다.

그리고 그 도끼질의 흐름이 보였다.

바로 그때였다.

"야, 너 며칠간이나 어딜 갔다 왔으면 미안해서라도 제대로 일을 해
야지, 여기서 또 빈둥거리고 있는 거냐?"

퉁명한 소리가 들려왔다.

누구?

일명은 인상을 쓴 채로 눈알만 돌려보았다.

예상했던 놈이 있었다.

자신을 냄새나는 짚신짝으로 개 패듯 팼던 지변이란 불목하니였다.

"빨리 못 일어나?"

지변은 일명이 일어날 기미를 보이지 않자 눈을 부라렸다.

그런데.

"피곤해서 그러니 저 장작은 네가 날라라. 힘 뒀다 뭐에 쓰냐?"

일명이 귀찮은 듯이 손을 저어 보이는 것이 아닌가.

"뭐?"

지변은 눈을 끔벅거렸다.

뭘 잘못 들었나?

불쌍한 지변은 잠시 후에 벌어질 자신의 참변을 아직은 모르고 있었다.

일명이 왜 거기에 누워 빈둥거리고 있었을까?

그걸 생각할 그는 아니었으니까.

"지금 뭐라고 했지?"

지변은 일명에게 다시 물었다.

아무려면 제놈이 바보가 아닐 건데, 나에게 저렇게 말을 하겠어? 라는 생각으로.

"귀먹었어? 이 사숙께서 피곤하단 말이야! 그러니 네가 좀 갖다 두고 오라구. 알았어?"

아예 확인까지 한다.

기가 막힌 지변은 잠시 멀뚱멀뚱 있다가 천천히 눈꼬리가 찢어지기 시작하였다.

"이눔이 아직도 정신을 못 차렸군?"

말과 함께 고란내가 확 달려들었다.

냅다 발길질, 순간 다 떨어진 짚신이 날아들었다.

고개를 틀어 저걸 피하면 그 순간 지변의 몸이 꼬이면서 벗겨진 짚신을 낚아챔과 동시에 저 냄새나는 걸로 날 개 패듯 패려 들겠지?

모르면 몰라도 안다면, 알고서도 당한다면 일명이 아니다.

일명이 고개를 기우뚱하는 순간에 앞으로 굴렀다.

발길질과 동시에 여순양점검(呂純陽点劒)의 일식으로 발을 벗어난 짚신을 잡으면서 일명을 패려던 지변은 일명의 모습이 갑자기 사라짐에 당황했다.

동시에 지독한 통증이 하체에서 느껴졌다.

"아이고!"

지변은 잡으려던 짚신을 놓치고 비명을 질렀다.

일명이 어느새 밑으로 파고들어서 급소를 쳤던 것이다.

그 뒤는 이미 정해진 순서였다.

준비해 두었던 몽둥이에 얻어터지고 마지막 발악을 하려고 버둥거리자 잘 모셔두었던 돌로 머리를 까버렸다.

자연히 거품을 물고 뻗을 수밖에.

피를 흘리며 쓰러진 지변의 입에다 그 냄새나는 짚신을 물리는 것으로 일단 마무리를 했다.

일명은 공포와 당혹으로 반쯤 넋이 나가 널브러진 지변을 위에서 내려다보면서 물었다.

"어때? 더 맞을래? 아니면 내 심부름을 할래?"

"가, 아께여……."

하겠다는 말이 입에 물린 짚신으로 인해 괴이하게 흘러나왔다.

"내가 말하면?"

"무, 무신 마이래도 듯겠숩다……."

"좋아, 진작 그랬어야지! 이제부터는 너도 내 부하다. 알았지?"

"에, 에에……."

억눌린 소리를 하는 녀석의 엉덩이를 발로 차주었다.

"가서 세수하고 장작이나 날라!"

불쌍한 지변은 어떻게 된 영문인지도 모르고 반쯤 기어서 냇물이 흐르는 곳으로 사라졌다.

"어라?"

씨익, 웃고 고개를 돌리던 일명은 주춤했다.

도끼질을 하던 일광이 도끼를 통나무에 턱, 찍어놓고는 자신을 바라보고 있었던 것이다.

옆에 쌓인 것은 산더미 같은 장작들.

"언제 끝났어요? 정말 대단해요! 그새 나무를 다 쪼개다니! 대체 이건 무슨 부법(斧法)이에요? 이것도 불목하니에게 전해오는 절기인가요?"

일명이 떠벌리자,

"너무한 거 아니냐?"

일광이 물었다.

말을 돌리지 말라는 의미였다.

"너무라뇨? 어떤 문파를 막론하고 기사멸조는 죽음으로 책임을 져야 하는 대죄예요. 하물며 소림사의 제자가 사숙을 패다니…… 그건 말도 안 되는 일이죠! 설마 사형은 그걸 방조하고 계셨던 건 아니겠죠?"

일광은 무표정하게 일명을 바라보았다.

"보이더냐?"

"예?"

"……."

일광은 더 이상 말을 하지 않고 엄청난 크기의 장작을 울러 매고 아래로 내려가기 시작했다. 동산이 하나 움직이는 것 같았다.

하지만 그가 툭툭 던지는 말은 너무 단편적이었다.

"애 데리고 무슨 선문답하나? 내가 무슨 선승(禪僧)인 줄 알아? 자기나 나나 불목하니 주제에……."

투덜거리던 일명은 문득 눈을 깜박거렸다.

"보이더냐?"

뭐가 보인다는 걸까?

보여준 게 뭐가 있다고…… 설마 도끼질?

"도끼질이라고?"

일명은 미간을 깊게 찌푸렸다.

푸른 하늘을 가르며 날던 도끼질.

그러고 보니 그건 단순한 도끼질이 아니었다.

일명의 얼굴이 묘해졌다.

제석참마공을 전수받았다.

그리고 하루가 지났다.

아니, 며칠이 지난 걸까?

눈을 떴을 때 사흘이 지났다고 했으니 이제 나흘인 건가?

어쨌거나 그렇게 돌아와서 자고 난 지금, 어제 배운 것이 잊혀지지 않았다. 그날 배웠던, 어딘지 모를 그곳에서 본 참마팔법의 그 놀라운 경험은 지금 일명의 뇌리에 생생히 남아 있었다.

그것은 새로운 세상이었다.

하루면 잊어버리던 구결(口訣), 동작들이 생생히 머리에 남아 있을 수가 있다니!

금제가 있어서라는 말은 들었었다.

그러나 정말 그런 것 때문에 기억하지 못하리라고는 내심 믿기지 않기도 했었다. 그런데 금제가 풀렸다는 말 한마디에 이렇게 되다니…….

도끼의 거대한 날이 나비의 날개처럼 허공을 누비고 있었다.

그것은 언어(言語)였고 또한 길[道]이었다.

눈앞에 그 길이 보이는 것 같았다.

나한십팔수, 대원도법, 소림쌍죽저, 소림복호쌍발, 소림승혜…….

소림사에 들어와서 보았던 것들이 하나둘 뇌리를 스쳐 갔다.

생생한 모습으로!

만약 누군가가 지금 일명의 머리 속을 보았다면 그렇게 말했을 터였다.

정말 천재가 있긴 있구나! 라고.

일명은 진정한 의미의 천재였다.

그 천재가 세상을 위해서 쓰여지기까지는 아직도 많은 과정이 남아 있을 터이지만. 아니, 쓰여질는지조차 불투명하지만…….

"나한파천마……."

일명이 문득 중얼거렸다.

참마팔법의 제일초!

밀적금강이 손을 쳐들던 것, 그 손과 소맷자락이 어떻게 움직였던가가 꿈결처럼 떠올라 왔다. 일명의 그 머리로도 뚜렷이 기억하기에는 그 움직임은 너무 거대했고, 너무 현묘(玄妙)했던 것이다.

'제석참마공을 익혀야만, 그래야만 이 무공을 펼칠 수가 있다고 했지? 그전에는 말짱 도루묵이란 거야? 젠장!'

한참 참마팔법 하나하나를 되새김하고 있던 일명은 후우, 한숨을 내쉬었다.

언제 제석참마공을 연마한단 말인가?

일명은 고개를 쳐들고 주위를 둘러보았다.

일광이 내려간 지금, 이 자리에는 아무도 없었다.

천천히 손을 들었다.

그 모습은 얼핏 보면 나한십팔수 중의 선인지로(仙人指路)와 닮았다.

그러나 실제로 손을 뻗어낼 때는 전혀 달랐다.

바로 뇌리에 새겨진 나한파천마의 일식이었던 것이다.

합장했던 양손이 펼쳐지면서 한 걸음 앞으로 나가 응축된 파사신공으로 악마를 내려쳐 분쇄하다. 라는 이 일초의 위력이 어떨지를 일명은 아직 알지 못했다.

하지만 채 일초를 펴내지도 못하고 일명은 엎어질 뻔했다.

속에서 구역질이 올라오고 기혈이 역류해 눈앞이 아득해졌다.

'이건 또 뭔 빌어먹을 경우래?'

일명은 손바닥으로 땅바닥을 짚은 채로 헐떡거렸다.

눈앞에서 별이 번쩍이는 것 같았다.

그것이 전형적인 주화입마의 현상임을 일명이 알 리가 없다.

한참을 헉헉거리면서 숨을 고르고 나자 일명은 조금씩 움직일 수가 있었다.

"제석참마공은 절세의 무공이다. 하지만 삼성(三成)이 넘어갈 때까지는 시전하려 하지 말며, 참마팔법 또한 힘을 빼고 형(形)만을 수련하되, 기(氣)로써 몸을 인도하려 하지 말라. 주화입마에 들어 몸이 망가지리라."

그 말이 이제야 생생히 기억났다.

"써먹지도 못할 걸 줬잖아……."

툴툴거리던 일명은 문득 미간을 찡그렸다.

뭔가 이상한 느낌.

일명의 감각은 초감각이라고 해도 좋았다.

누군가가 자신을 바라보고 있는 듯 느껴졌다.

'감시?'

하긴 그 난리를 피우고 사흘이나 사라졌다가 나타났다면 자신이라도 감시를 붙이는 게 당연할 것이다.

잠시 죽은 듯이 있어야지!

일명은 잠시 주위를 두리번거리다가 탈탈 옷을 털고 일어났다.

이렇게 좌우가 터진 곳에서 무공을 연습하는 건 바람직하지 못했다. 어차피 아무에게도 알리지 말아야 한다면, 누구도 모르게 해야 할 터였다.

*   *   *

배도 부르고, 자신이 해야 할 일은 지변이 할 터이다.

그러면 할 일은 하나뿐이다.

일명은 죽어라 퍼져 갔다.

그리고 잠에서 깬 것은 한밤이었다.

드르릉, 드르릉…….

귀청이 떨어져 나갈 듯한 코 고는 소리.

지변을 비롯한 몇 놈이 같이 코골기를 합창하고 있었다.

"한 놈도 아니고 시끄러워서 잘 수가 있나?"

투덜댄 일명은 비척거리면서 걸어나가 샘가로 가서 물을 마셨다.

찬물을 마시자 정신이 번쩍 났다.

그때부터 일명은 반가사유의 미륵보살상이 되어 숙고(熟考)에 들어갔다.

다시 머리를 굴려보아도 여전히 모든 게 기억난다.

하긴, 이렇게 기억이 또렷하지 않다면 어찌 그놈들을 그렇게 개 패듯 패줄 수가 있었겠는가.

이제부터가 문제였다.

일명은 전혀 꼬마답지 않게 생각에 잠겨 앞날을 궁리하기 시작했다.

자신이 이제부터 뭘 어떻게 할 것인가!

금제가 풀린 것을 말할 것인지, 아니면 이대로 숨겨야 할 것인지를 일명은 고민하고 있었다.

'무공을 배우려면 이야기를 해야겠지?'

하지만 숨기고 있다가 놀라게 해주는 것도 신날 것 같았다.

행복한 고민이었다.

*　　　*　　　*

날이 밝았다.

"일루 와."

일명은 슬금슬금 자신의 눈치를 보는 지변을 턱짓으로 불렀다.

"안 와?"

일명이 인상을 쓰자 지변은 어쩔 수 없다는 듯이 가까이 다가왔다.

"저거 네가 다 해."

눈길이 미치는 곳에는 날라야 할 장작과 치워야 할 것들이 쌓여 있었다.

"그건…… 네…… 사숙이 하는 거잖아?"

"네? 거잖아?"

일명이 눈을 부릅뜨자 지변은 손을 들었다.

"사숙이 할 거잖아요!"

"그래서 안 할 거라는 거야?"

"맡은 일을 하지 않으면 혼납니다. 맡은 것은……."

"할 건지 아닌 건지만 말해."

"하, 하께요."

"짜식이 진작 그러지…… 가봐."

지변을 쫓아 보낸 일명은 산속에 드러누워 콧노래를 흥얼거렸다.

계획은 어제 짜두었다.

어차피 지금은 벌받는 시기이니, 굳이 급하게 서둘 게 없었다.

남의 눈을 피해서 무공을 연습하면서 때를 기다리면 될 터였다. 그 날 써먹은 걸로 보아 혈도공부 등 의학도 앞으로 필요할 듯해서 일단 은 아직도 금제가 있는 것처럼 해서 시간을 벌기로 했다.

아직은 어리니까!

일명은 불어오는 바람을 맞으며 잠이 들었다.

주의 깊게 일명을 살피던 눈도 그렇게 시간이 지나면서 무뎌졌다.

누구라도 그럴 수밖에 없었다.

한시도 눈을 떼지 않고 감시를 하지만 아무것도 다른 게 없다면 계 속 집중할 수가 없는 건 너무도 당연한 일이었다.

일명이 하는 일이라고는 그저 하루하루 빈둥거리면서 지변을 괴롭 히고, 지상과 지공을 건드려 누룽지를 가져다 먹고, 가끔 나한당에 가 서 지눌 등을 데리고 놀다 오는 것뿐이었다.

그 외에는 뻔질나게 장경각에 들락거리면서 계속 책을 빌려다 읽었 다.

혈도 등의 의학 서적에서 일반 무공 서적까지…….

그것만 읽는 것도 아니었다.

불경도 자주 빌려다 읽었다.

게다가 그 읽는 속도도 무지하게 빨라서 대충 하루 이내에 모든 책을 가져다 반납했고, 반출이 금지된 책은 그 자리에서 다 보고 말았다.

그렇게 일명이 조용하게 지내면서 소림사도 평온한 듯 보였다.

하지만 그것은 잠시일 뿐이다.

분란은 이제부터 시작인 것이다.

第四章
탑림(塔林)에서 만난 광승

첫째 마당

삼 개월 후.

세상이 온통 하얗게 물들었다.

겨울, 숭산 자락은 내린 눈으로 인해 천지가 하나로 희다.

소림사가 있는 숭산 소실봉의 경치는 계절에 따라, 혹은 하루에도 상황에 따라 스물여덟 번 변한다고 해서 이십팔변(二十八變)이라 일컬어진다.

산은 설산(雪山)이고 나무는 넘치게 눈을 머금고서 백수(白樹)였다. 눈꽃[雪花]은 산 전체를 흐드러지게 피었다.

그런 가운데 소림사 또한 백사(白寺)가 된 것처럼 보였다.

뽀드득, 뽀드득……

눈을 밟으며 방장실을 나서던 달마원의 대승(大勝)은 문득 걸음을 멈추었다.

심경 대사가 방장실의 앞에 서 있었다.

"사숙······."

대승이 심경 대사에게 반장(半掌)의 예를 해 보이며 고개를 숙였다.

"말씀드렸더냐?"

"예, 이대로 있을 수 없다고 하시면서 사내의 고수들을 풀어 소리가 들리는 곳을 모두 수색하도록 명하셨습니다."

"으음, 대체 무슨 일인지······."

심경 대사가 미미하게 머리를 저었다.

며칠 전부터 심상치 않은 움직임이 숭산 주위에서 포착되었다.

여기저기에서 사람들이 몰려들고 있었는데, 강호상에 쉬 나타나지 않았던 고수들의 모습까지 목도되었다 하였다.

그런 와중에 기이한 퉁소 소리가 연이틀 들려왔다.

퉁소 소리가 들리는 것이야 이상하지 않았다. 그런데 그 소리가 들리면 사람들이 웃고 우는 믿기 힘든 현상이 나타난 것이 문제였다. 사람들이 밤마다 공포에 떨어 소림사에서도 좌시할 수가 없게 된 것이다.

몽실몽실······.

조용히 김이 올라온다.

따뜻한 찻잔의 기운을 음미하듯 심혜 상인은 찻잔을 들고서 포단(蒲團) 위에 앉아 문밖의 설경을 바라보고 있었다.

"달라진 게 없다고?"

"그런 것 같습니다."

작은 다탁(茶卓) 하나.

그 위에 찻잔 하나를 놓고 심경 대사가 앉아 있음이 보였다.

"그간 살펴보았지만 지금까지 전과 달라진 점은 보이지 않는다고 합니다. 이대로는 더 이상 살펴보아도 무의미하지 않을까 싶습니다."

"아이들을 물리게."

"예?"

"그게 자네의 생각이 아닌가? 어차피 사내에서나 사외를 벗어나려면 경승(警僧)들의 눈을 벗어날 수가 없을 테니 밤낮없이 그 아이를 감시하는 것도 이젠 의미가 없을 것이라고 생각한 게 아닌가?"

"맞습니다."

잠시 찻잔의 찻물을 한 모금 마시곤 그 맛을 음미하는 듯하던 심혜 상인은 길게 늘어진 백미를 찌푸렸다.

"호겁(浩劫)이 그리 멀지 않은 듯하네."

"예?"

갑자기 심경 대사가 놀란 표정으로 심혜 상인을 바라보았다.

천기를 헤아림에 있어서는 소식이 끊어진 혜인 대종사를 제외한다면 소림의 으뜸이라는 심혜 상인이다. 그런 그가 허투루 이런 말을 내뱉을 리가 없지 않은가.

"빛을 잃었던 천괴(天魁)가 되살아나고 있네. 천살(天殺)과 천우(天佑)가 같이 빛을 뿌리기 시작하고 있는데 과연, 저 천살이 일명인지 아닌지를 알지 못하겠네. 지금과 같아서는 아무런 역할을 하지 못할 텐데 말이야."

"시간이 없다는 말씀이십니까?"

"그렇지."

심혜 상인의 말끝에 후드득, 처마에 쌓였던 눈 더미가 쏟아져 내렸다.

"후우…… 숭산 주변에 갑자기 이변(異變)이 생김도 심상치 않네. 사내에 영을 내려 주위를 단단히 경계토록 해야 할 것 같네."

"그렇게 하겠습니다."

고개를 숙여 보인 심경 대사는 잠시 머뭇하다가 입을 열었다.

"천우는 제 역할을 할 것으로 보이십니까?"

"아마 그렇겠지. 소림이 힘을 다하고 있으니까. 하지만 천기의 흐름이야 어찌 인간의 힘으로 다스리거나 추측할 수가 있겠나? 그저 할 수 있는 바를 다할 수밖에."

"아미타불……."

침중한 불호와 함께 심경 대사는 심혜 상인을 보았다.

은둔한 거인.

세상은 역대 소림 장문인 중 가장 나서지 않는 이 사람의 능력을 알지 못한다.

그러나 심경 대사는 그의 힘을, 지닌 바 능력을 잘 알고 있었다.

대체 얼마나 무서운 일이 닥쳐오고 있기에…….

아미타불…….

혜인 사백께서 살신성인하시어 호겁을 늦추었지만, 마주(魔主)는 아직 힘을 잃지 아니하였으니 누가 그것을 막을까?

깊은 시름만이 심혜 상인이 들고 있는 찻잔 속에 가라앉았다.

사락사락……

소리없이 눈송이들이 하늘을 덮고 있었다.

*   *   *

"하아~ 품!"

일명은 입이 째져라 하품을 하면서 기지개를 켰다.

"아이구~ 씨! 우라지게 춥네."

한기가 드는 듯 일명은 전신을 부르르 떨었다.

하긴 춥지 않으면 오히려 이상했다.

장작을 쌓고 그 위에다 거적 하나를 둘둘 말아 앉은 채로 이 겨울,
한데서 책을 보고 있었으니 어찌 춥지 않을손가.

"이 짓도 따분해서 못해먹겠군."

연신 하품을 해대던 일명의 앞에 한 사람이 나타났다.

"사숙!"

"어, 너냐? 그래, 나무는 다 했냐?"

"낙엽은 없고, 마른 나무만 좀 해다 넣었죠."

나타난 지변이 부은 얼굴로 답했다.

"어, 너 표정이 좀 이상하다?"

'젠장! 그럼 저는 뉘서 뒹굴뒹굴하고 나만 째빠지게 하는 디 화 안
나남? 지가 할 일까지 다 내게 미루구…….'

속이야 상하지만 겉으로 표현했다간 무슨 봉변을 당할지 모른다. 첫

날 당한 건 그 이후에 당한 것에 비하면 새발의 피였으니까.

"힘들어서요."

"덩치가 있지, 창피하게…… 따라와라."

일명이 벌떡 일어났다.

"어, 어딜 가려구요?"

"그냥 구경 가보자. 눈이 많이 와서 멋지잖냐? 우리가 아무리 중이라도 낭만까지야 버릴 수가 있겠냐?"

"나, 낭만이요? 그게 뭔디요?"

"와보면 알아."

일명은 졸래졸래 앞장서 사라져갔다.

*   *   *

울멍줄멍.

높고 낮은 석탑이 잔뜩 서 있었다.

하나둘도 아니고 아예 끝이 보이지 않아 탑으로 이루어진 숲과 같았다.

"얼래? 여긴 왜 왔대요?"

주위를 본 지변이 얼떨떨해서 물었다.

"하하, 오래 기다렸냐?"

대답 대신 일명은 손을 번쩍 들어 보였다.

탑 사이에 숨어 있던 향적주의 지상이 모습을 드러냈다.

지상이 건네주는 누룽지를 받아 든 일명은 쩝쩝거리며 웃었다.

"와, 소금기하고 아주 간이 잘 맞네. 자, 너도 먹어봐라. 아주 맛있다! 빠각빠각…… 이렇게 분위기 좋은 곳에서 누룽지를 먹는 것도 정말 사나이의 낭만이지 않냐? 하하……."

낭만이고 뭐고 배가 고팠던 지변은 옆도 보지 않고 오직 누룽지만을 열심히 씹었다.

"낭만은 무신……."

하지만 눈치를 보면서 누룽지를 긁어온 지상은 자신도 모르게 투덜거리지 않을 수가 없었다.

"쩝쩝, 뭐라고?"

"그렇잖아요. 여긴…… 조사님들의 유골이 묻힌 곳이란 말예요!"

"그게 어때서?"

"속세의 말로 하면 여긴, 여긴 바로 공동묘지란 말예요!"

"허걱?"

연신 누룽지를 바쁘게 씹고 있던 지변이 눈을 둥그렇게 떴다.

"여, 여기가 공동묘지였던가요?"

"말이야 탑림(塔林)이라고 하지만 실제로는 조사님들의 유골이 묻힌 유골탑이니, 당연히 글죠."

지상이 못마땅한 듯 계속 투덜거렸다.

"바보 녀석, 그럼 뭐 어때? 어차피 죽은 조사님들이 우리가 먹는 누룽지를 뺏아 먹겠냐?"

소리없이 한 자락씩 내리기 시작하는 눈송이를 보면서 일명은 하하, 웃어댔다.

그때였다.

"탑림은 소림의 중지(重地)예요! 대체 여기서 뭘 해요?"

사미승 하나가 다시 나타났다. 나한당의 지눌이었다.

"어? 너 이제야 나타난 거냐? 느림보 녀석, 누룽지는 저 지변 녀석이 이미 다 먹었는데!"

말하거나 말거나 지변은 여전히 누룽지를 씹고 있었다.

"어서 가요! 들키면 사부님이나 사형들에게 크게 혼날 거예요."

지눌은 겁먹은 표정으로 주위를 두리번거렸다.

"사내자식이 겁 많기는…… 어디 보자…… 중림선사수탑(中林禪師壽塔)? 원나라 때 사람이군?"

탑에 새겨진 것을 들여다보면서 일명이 중얼거렸다.

"엇? 사숙은 글을 읽을 수 있어요?"

누룽지를 씹던 지변이 눈을 끔벅거렸다.

"넌 글도 못 읽냐?"

"불목하니가 글은 무슨……."

"무식한 놈, 잘 들어."

일명은 눈앞을 가로막으며 크고 작게 솟아 있는 수백 개의 탑을 보면서 일장 연설을 했다.

"이 탑림은 지눌이의 말대로 소림사에는 많이 중요하지. 왜냐면, 여기 묻힌 사람들은 모두 전대 방장이거나, 중요 인물이었거든? 가장 오래된 것이 당나라 정원칠년(貞元七年:서기 791년)에 세운 거고…… 당대의 탑이 두 개, 송대의 탑이 세 개, 금대의 탑이 여섯 개, 원대의 탑이 마흔 개, 명대에 이르러 조성된 것이 일백삼십팔 개, 그리고 에 또……."

조금도 망설임이라고는 없이 읊어대는 일명의 말에 지눌 등은 눈이 동그래졌다.

"사숙, 대체 탑림에 대해서 언제 그렇게 연구를 하셨어요?"

"연구는? 이까짓 걸 무슨 연구씩이나, 그거야 보통이지⋯⋯."

씨익, 웃던 일명은 갑자기 눈을 빛냈다.

눈 속에서 무엇인가가 탑림 사이로 움직이고 있었다.

까만 눈.

커다란 귀를 쫑긋거리는 하얀 것.

"퇴끼다!"

일명은 부지중에 신음을 했다.

대체 뭘 먹었을까?

지금도 입을 오물거리는 놈은 통통하게 살이 올라 먹음직하기 이를 데가 없어 보였다.

"저, 저놈⋯⋯."

일명은 침을 꿀꺽 삼켰다.

대체 고기라곤 먹어본 지가 언제인지 짐작도 못하겠다.

내가 토끼냐?

내가 왜 풀만 먹고살아야 하냐고⋯⋯.

일명은 소리없이 땅에 있는 돌멩이 하나를 주워 들었다.

"사숙, 뭘 하려고?"

지눌이 놀라 물었다.

순간, 일명은 돌멩이를 집어 던졌다.

캑!

비명 한마디와 함께 토끼가 풀쩍 뛰어올랐다가 떨어졌다.

"크하하핫!"

일명이 신바람나게 뛰어갔다.

"큰일났다!"

지눌 등이 서로를 돌아보았다.

살생, 다른 곳도 아닌 탑림에서 살생을 하다니?

하지만 그건 시작일 뿐이었다.

"뭐, 뭐 하는 겁니까?"

지눌의 얼굴이 하얗게 질렸다.

탑림을 조금 벗어난 숲.

일명이 잡은 토끼를 나뭇가지에다 묶더니, 그 밑에다 불을 피우기 시작했던 것이다.

"뭐긴? 그럼 토끼를 잡아놓고 구경만 하냐? 궈 먹어야지!"

"컥!"

"으헉?"

지눌 등의 얼굴이 하얗게 질렸다.

"무, 무슨 소리예요? 고기를 먹겠단 말이에요?"

"그런 짓을!"

"짜식들 놀라긴, 우리 나이에는 고기도 먹어주고 해야 잘 자라는 거야. 모르냐? 부처님도 몸이 약한 중은 고기를 먹어도 된다고 하셨어."

"그, 그건 자신이 잡은 고기가 아닌 걸 이야기하는 거죠!"

제일 유식한 지눌이 동동거렸다.

"이런 바보 같으니!"

일명은 혀를 찼다.

"넌 고개를 돌리면 피안이요, 백정도 칼을 놓으면 부처라는 말을 알지도 못해? 세상사는 모두 마음먹기에 달린 거야. 자, 봐. 이 토끼가 앞으로 몇 년 더 살 것 같으냐?"

"……?"

"지가 아무리 더 살아봐야 토끼 주제에 십 년을 더 살겠어?"

'뭔 소리래?'

지상이 눈을 끔벅거렸다.

"그럼 그사이에 살겠다고 풀을 뜯어 먹을 테니 갸도 초목을 살생하는 거 아니냐? 그걸 덜어주니 미리 옳은 길로 인도함이요, 늑대나 여우, 호랑이 등이 이놈을 노릴 건데, 살아남기 위해서 얼마나 불안 초조하게 살아야겠냐? 그런 속 졸임을 미리 막아주었으니 이 또한 적선이잖냐? 게다가 우리들의 건강을 위해 자신의 몸을 희생하니 이는 가장 어렵다는 육보시의 실천이라, 말 그대로 이놈은 이 순간에 극락왕생하는 행운을 얻게 된 거란 말이야!"

줄줄 쏟아져 나오는 저 궤변.

지눌 등은 벌린 입을 다물지 못했다.

말이야 틀린 것 같지 않다.

그런데 아무리 머리를 쥐어짜도 맞다고 하기도 어려웠던 것이다.

이윽고 고기 익는 냄새가 구수하게 퍼지기 시작했다.

"캬아~ 죽인다! 이 냄새……!"

일명은 입맛을 다시면서 연신 침을 꿀꺽거렸다.

토끼는 살신성인을 하면서 불덩이가 되어 있었다.

"야, 빨리 와! 늦게 오면 네놈들 몫은 없을 줄 알아?"

일명이 소리쳤다.

지눌 등은 엉거주춤, 일명과 조금 떨어진 곳에서 어쩔 줄을 몰라 하고 있었다.

"이런 겁쟁이들 같으니……!"

투덜거리면서 막 토끼를 향해 손을 뻗던 일명은 눈을 부릅떴다.

턱!

불덩이가 된 토끼를 아무렇지도 않은 듯 잡는 손 하나.

그 손은 토끼 다리를 하나 쭉 찢어서 입에 넣고 질겅질겅 씹더니 인상을 찡그렸다.

"토끼를 이렇게 맛없게 굽다니……."

말은 그렇게 하면서 그 사람은 널름거리는 사이에 금방 토끼 한 마리를 거의 다 먹어치웠다.

일명은 생전에 저렇게 빨리 먹는 사람을 본 적이 없었다.

남루한 옷.

남루하다 못해서 거의 걸레가 된 옷을 걸친 자는 나이가 얼마인지도 알 수가 없었다. 우글우글 길게 자란 머리카락이 온통 그를 뒤덮다시피 해서 얼굴조차 알아보기가 어려웠던 것이다.

"뭐 하는 짓이야! 내 토끼 내놔!"

일명이 달려들었다.

픽!

귀찮다는 듯이 휘젓는 손짓에 일명은 맥없이 홀쩍 나동그라지고 말았다.

　무슨 지푸라기가 날리는 것만 같았다.

　"과, 광승(狂僧)이다!"

　그를 본 지눌 등이 갑자기 사색이 되어 도망쳤다.

둘째 마당

"에퉤퉤…… 시펄!"

일명은 머리를 흔들어댔다.

골이 횅한 게 정신이 하나도 없었다.

괴인의 힘이 얼마나 센지 훌쩍 나가떨어지면서 잘못하여 머리를 나무에다 부딪쳤기 때문이다. 그나마 나무라서 다행이지, 바위였더라면…….

후드득, 나무 위에서 쏟아지는 눈 더미까지 뒤집어쓴 일명은 정말화가 났다.

"젠장, 너 뭐야?"

일명이 소리쳤다.

툭툭…….

하지만 괴인은 이미 토끼를 끝내고 눈 위에다 남은 뼈를 뱉어내곤, 일명을 힐끔 바라보았을 뿐이다.

그 눈빛은 마치 이거밖에 없냐는 것 같았다.

"빨리, 빨리 와요!"

이미 저만치 도망간 지눌 등이 황급히 손짓을 하고 있었다. 겁먹은 빛이 역력했다.

설마 저 괴인이 누군지 알고 있단 말인가?

하지만 이미 꼭지가 돈 일명은 그런 걸 생각할 여가가 없었다.

단숨에 그 귀한 토끼 한 마리를 해치운 괴인이 어슬렁 일어나고 있었기 때문이다.

이대로 보낼 순 없었다.

애들이 보고 있는데, 일명의 체면이 있지!

"게 서라!"

그러거나 말거나 일명은 괴인에게로 쫓아갔다.

"……?"

괴인은 일명을 돌아보았다.

일명이 달려들어서 냅다 오금을 후렸기 때문이다.

'이건 뭐래?'

일명은 놀라 눈이 동그래졌다.

지난 삼 개월 동안 일명은 놀지 않았다.

계속해서 기초적인 나한공을 연습하면서 제석참마공을 수련했었다. 제석참마공은 매우 괴이했다. 참마팔법을 연습함으로써 공력이 높아지는 일종의 동공(動功)인 듯 참마팔법을 연습해야만 제석참마공을 수

련할 수가 있었다.

그것도 아주 미친 듯이.

하지만 그렇게 죽어라 남의 눈을 피해서 뻑하면 동굴로 들어가고, 밤에 혼자 일어나 몽유병 환자처럼 발광을 했음에도 불구하고, 공력이 늘지를 않았다.

이거 순 사기 아냐?

라고 의심이 들었지만 자신의 금제가 깨어진 것은 분명했다.

시간만 생기면 나한당에 가서 무공 수련하는 것들을 훔쳐보았는데, 자고 나서도 그것을 잊지 않았던 것이다. 어쨌든 그렇게 해서 일명은 열심히 내기(內氣)를 수련하고 있던 중이었다.

그래서 전과는 달리 제법 힘을 쓸 수가 있었다. 내기(內氣)라고 할 수는 없어도. 그럼에도 방비조차 하지 않은 자의 오금이 무슨 철벽과 같다니?

발이 부서지는 것만 같았다.

그런데 괴인이 혀를 차면서 고개를 절레절레 내젓는 게 아닌가!

"이건 금강퇴(金剛腿)가 아니라 미친개가 발질[狂狗腿]하는 것 같군, 잘 봐! 이게 금강퇴란 말이야!"

말과 함께 괴인은 냅다 일명을 걷어차 버렸다.

"으악!"

일명은 삼 장 밖의 눈 속에 처박히고 말았다.

껄껄껄……

웃음소리가 들리는 가운데 일명은 머리를 흔들며 일어났다.

괴인의 모습은 어느새 사라졌는지 보이지도 않았다.

"으으, 이 도적 놈 어디로 갔어?"

일명은 사나운 얼굴로 저만치 도망가 숨은 졸개들에게 소리쳤다.

"쉿!"

녀석들이 질겁을 하고 입에다 손가락을 대면서 연신 고개를 흔들었다.

"뭐야? 왜 그러는 거야? 너네 저 미친놈 알아?"

일명이 소리쳤다.

"광승이……."

"광승? 미친 중이란 말이야?"

"그래. 운 좋으면 사망이라고 하는데 정말 운이……."

말하던 지변이 말꼬리를 흐렸다.

일명의 눈꼬리가 올라가고 있었던 것이다.

"그래? 그래라고? 내가 네 친구냐?"

"아이고오……."

애꿎은 지변이 매타작을 당하기 시작했다.

광승이 누군지는 잘 모른다고 했다.

그저 만나면 피하라는 말만 들었다고 하였다.

그를 만나면 파계를 당하거나 죽는다고 하였고 실제로 그를 만나고 미친 사람들도 적지 않았다고 해서 사미들에게는 공포의 존재가 그였다.

"그런데 소림사에서 그놈을 그냥 둔단 말이냐?"

"쫓아가도 너무 빨라서 못 잡는다고⋯⋯."

빠르긴 했다.

그사이에 사라지다니⋯⋯.

"금강퇴⋯⋯."

문득 일명은 괴인, 광승이 사라진 숲을 보면서 중얼거렸다.

일명의 그 발길질은 사실 간단하지 않았다. 나한당에게 가서 배워온 한 수였고, 그것은 항마금강퇴 중의 일초였었다.

그런데 그걸 미친개가 한 발길질이라며 자신을 걷어찬 한 수.

"완벽한 그림이군⋯⋯."

일명이 중얼거렸다.

정말 그랬다.

그것이야말로 일명이 훔쳐 배운 항마금강퇴의 금강타호(金剛打虎)의 완벽한 일초였던 것이다.

광승?

그럼 그가 소림사와 관계가 있는 사람이란 말인가?

그때였다.

"아, 시파! 궁뎅이 깨지는 거 같네."

일명은 엉덩이를 비비다가 이를 악물었다.

"내 토끼를 훔쳐먹고 나를 차기까지 하다니⋯⋯ 두고 보자!"

　　　　　＊　　　　　＊　　　　　＊

다음날.

일명은 혼자 탑림에 있었다.

그리고 다음날도 일명은 탑림에 있었다.

"좋아!"

탁탁탁, 손을 턴 일명은 이미 잡아놓았던 토끼를 피워놓은 불 위에다 올렸다.

오늘은 탑림이 아니라 그 안쪽 숲이었다.

그날 광승이 사라졌던 바로 그 숲 속.

지글지글, 익기 시작하면서 향적주에서 얻어온 기름까지 발랐으니 냄새가 죽이는 건 두말할 나위도 없다.

'시파, 안 나타나냐?'

일명은 토끼가 거의 노릇노릇하게 다 구워진 상태에서도 그 광승이 나타나지 않자, 가자미눈으로 사방을 살피면서 투덜거렸다.

나타나지 않으면 지난 사흘간 공작한 게 아무런 의미가 없지 않은가.

"까짓 거 안 나오면 내가 먹고 말지 뭐!"

일명은 속을 뒤집는 냄새를 참지 못하고 손을 내밀었다.

순간.

앞에 있던 토끼가 사라졌다.

"뭐, 뭐야?"

일명은 깜짝 놀라서 벌떡 일어났다.

"크허엄, 우적우적…… 한결 낫군! 컬컬……."

그 뜨거운 놈을 양손으로 움켜쥐고서는 그대로 죽죽 뜯어대는 괴인, 광승이 맞았다.

"캬하하…… 역시 여기에는 곡차(穀茶)가 최고지. 마실 테냐?'

죽죽 토끼 고기를 뜯던 광승은 어디서 꺼낸 건지 호리병을 들고 벌컥벌컥 마시더니, 불쑥 일명에게 그 호리병을 내밀었다.

때가 꾀죄죄하게 묻은 거기서는 술 냄새가 격하게 풍겼다.

일명은 아홉 살부터 술을 먹어봤으니 술을 못 마실 리가 없었다.

하지만 지금 그 술병을 받게 생겼나?

"이……."

그러나 일명은 채 입도 열지 못했다.

"쪼잔한 새끼중 같으니, 곡차도 못 마시다니!"

광승이 혀를 차더니 다시 호리병을 거둬 꿀꺽꿀꺽 마셔 버렸기 때문이다.

"뭐 이런……!'

일명의 눈에 쌍심지가 돋았다.

한쪽 손에 들린 토끼가 이미 반 마리밖에 남지 않은 걸 본 것이다.

손을 뻗었지만 상대가 워낙 덩치다.

손을 들자 손이 닿지를 않았다.

게다가 아구아구 입에다 처넣어 버리자 그 반 마리의 토끼가 한번에 모조리 입속으로 사라져 버렸다.

맹세코 저렇게 엄청난 먹성은 단 한 번도 본 적이 없었다.

투툭툭…….

뱉어낸 뼈가 일명의 발치로 떨어졌다.

"마, 말도 안 돼애……."

일명은 어이가 없어서 벌린 입을 다물지 못했다.

"아미타불…… 살신성인, 육보시를 하여 윤회를 벗어나리니 부디 극락왕생하기를!"

게다가 천연덕스럽게 그 뼈를 향해 염불까지라니!

"이 미친 중!"

일명이 소리쳤다.

"……!"

일명은 순간 온몸이 굳어졌다.

불같은 눈길이 갑자기 일명에게로 쏟아졌던 것이다.

그것은 무섭게 타오르는 겁화(劫火)와도 같아, 전신을 옭아매고 심령(心靈)을 불태우는 것만 같아서 공포스럽기 짝이 없었다. 감히 움직일 수조차 없는 가공할 살기였다.

"나도 죽일 테야? 중이 고기를 먹고 술을 마시면서 미친 중이 아니면 뭐지?"

하나 다음 순간에 일명이 대드는 것에 광승의 눈빛 저 깊은 곳에서는 기이한 빛이 일었다.

"항마심격(降魔心擊)을 받아내고 말을 할 수가 있다니……."

그는 커다란 손을 펼쳐 일명의 미리를 움켜쥐었다.

"으윽! 뭐, 뭐 하는 거예요?"

일명이 다급히 외쳤다.

급하자 말투가 바뀌었다.

머리가 깨지는 것 같았기 때문이다.

짜놓은 계획이 이게 아니었는데…… 힘도 더럽게 세다.

그러거나 말거나 일명의 머리, 얼굴, 목을 졸라보기도 하고 어깨를 더듬어 내려가던 광승은 문득, 미간을 찡그렸다.

뭔가가 만져졌던 것이다.

북!

승복을 찢어버리자 일명의 팔뚝에 채워진 팔찌가 나타났다. 아직도 커서 어깨 어림까지 올려 차고 있는 그 팔찌.

광승의 눈에 괴이한 빛이 차 올랐다.

"이건?"

"뭐, 뭐야? 내놔!"

일명은 대노해서 광승에게 달려들었다.

광승이 그 팔찌를 훑어내듯이 빼앗아가 버렸던 것이다.

으악!

하지만 광승이 팔을 한 번 떨치자 일명은 사정없이 눈밭을 굴러 처박히고 말았다.

숲 속이라 머리까지 나뭇등걸에 박고 쏟아지는 눈사태를 맞고 나자 이미 눈에 뵈는 게 없었다.

"이런 젠장! 이젠 물건까지 빼앗아가냐?"

일명은 이를 갈면서 광승에게 달려갔다.

광승은 무서운 눈빛으로 팔찌를 바라보다가 갑자기 팔찌를 콱! 움켜쥐면서 괴로운 빛을 떠올렸다.

"이건, 이건······!"

말과 함께 그는 갑자기 신형을 돌려 숲 속으로 사라져 버렸다.

보고 있는 데도 대체 어디로 갔는지 알 수가 없을 정도로 빨랐다. 그러나 일명의 눈이 보통 눈인가?

"말도 안 돼! 어떻게 된 거야?"

일명은 일그러진 얼굴로 발을 굴렀다.

정말 말도 안 된다.

어떻게 공들인 게 아무런 효력도 없단 말이냐?

감추어두었던 긴 막대, 봉을 꺼내 팔을 뻗어 앞을 두드려 보았다.

어라?

멀쩡했다.

이게 어떻게 된 일이냐?

일명은 위를 올려다보면서 여기저기를 발로 밟아보았다.

순간.

와르르…….

나무 위에서 돌 더미가 우박처럼 쏟아져 내렸다.

"으앗!"

일명은 혼비백산, 앞으로 몸을 굴렀다.

순간,

픽!

발 밑이 허전해지더니 몸이 밑으로 쑥 빠져 버리는 것이 아닌가!

함정이었다.

밑에는 깎아놓은 창봉이 대여섯 개나 이를 드러내고 있었다.

이대로 떨어지면 최하가 중상이고 재수없으면 사망일 터이다.

그러나 일명은 원래 여기에 함정이 있는 것을 알고 있었고, 설계하고 파놓은 것도 모두가 일명이었다. 저 무거운 돌 갖다 올리느라고 죽을 뻔했었다. 그러니 마지막 순간에 앞으로 몸을 날려 겨우 함정에서 벗어날 수가 있었던 것이다.

"대체 이게 뭐야? 왜 그놈은 안 빠진 거야?"

일명은 놀란 가슴을 헐떡이면서 믿기지 않는 듯 광승이 사라진 곳을 바라보았다.

지난 이틀 동안 죽어라고 고민해서 함정을 만들었었다.

그런데 말짱 헛일이라니?

그때였다.

일명의 눈이 점점 커졌다.

"말도 안 돼…… 설마 그 미친 중이 답설무흔(踏雪無痕)이란 거야?"

답설무흔.

눈을 밟아도 흔적이 남지 않는다는 최상의 경신공부.

그것을 증명하듯 광승이 지나간 자리에는 아무런 흔적도 남아 있지 않았다.

"안 돼!"

될 일이 아니다.

다른 건 몰라도 내 물건을 빼앗기다니…….

일명은 이를 악물고서 달리기 시작했다.

광승이 사라진 숲으로.

이미 석양이 사방을 물들이고 있음에도…….

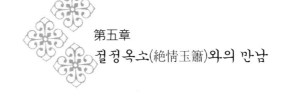

第五章
절정옥소(絶情玉簫)와의 만남

첫째 마당

"헉헉, 아이고, 죽겠다!"

일명은 숨이 턱에 차서 헐떡거렸다.

광승이 남긴 흔적을 따라 눈 속을 내달렸다.

정말 미친 듯이 달렸는데 이 미친 중이 어디로 간 것인지 흔적조차 찾기가 어려웠다.

하긴 답설무흔(踏雪無痕), 눈 위에 발자국조차 남지 않으니 그 뒤를 따르는 것이 쉬울 리가 없었다.

이미 석양이 가물거렸다.

"제길! 이러다 밥도 못 얻어먹겠네!"

천색(天色)을 살펴본 일명은 입맛을 다셨다.

때를 넘기면 밥을 먹을 수가 없다. 물론 그렇다고 해서 밥을 굶을 일명은 아니었다. 하나 연달아 피 같은 토끼를 두 마리나 눈앞에서 빼앗기고서 이렇게 미친개처럼 뛰어와서 헐떡거리고 있으니 꼴이 말이 아니다.

처음에 소림사에 올 때는 이렇지 않았었다.

말 그대로 청운의 꿈을 안고 소림 최고의 무공을 배운 절세의 고수가 되어 금의환향―중이 금의환향이란 말이 가당한가?―하는 것이었는데 이제 와서 이따위 꼬락서니라니…….

금방이라도 주저앉고 싶은 걸 참고서 손바닥으로 무릎을 짚고 헐떡거리던 일명은 갑자기 눈을 빛냈다.

눈앞.

여기를 둘러보아도 저기를 둘러보아도 그저 보이는 것은 눈[雪]!

그 눈 덮인 숲 속에서 기이한 빛이 흘러나오고 있었던 것이다.

"뭐지?"

일명은 크게 숨을 들이키고는 숲을 향해 달렸다.

보이는 건 눈앞인 듯해도 그 숲이 산등성이라서 계곡을 하나 건너야 했다.

시팔!

징하게도 머네.

투덜거리며 숲 속으로 고개를 디밀던 일명은 문득 눈을 부릅떴다.

웅웅―

기이한 울림.

마치 땅거죽이 흔들리는 것 같은 울림이 일대를 진동하고 있었다.

마침내 찾아냈다.

눈앞, 눈 덮인 숲의 공터에 그 도적중, 광승이 우뚝 서 있다.

그런데 우뚝 선 광승의 손에서는 맑고도 검은, 기이한 빛이 서리서리 맺혀 울음을 토하고 있지 않은가!

그 손에 들린 것은 놀랍게도 일명에게서 가져간 팔찌였다.

빛은 거기에서 뿜어지고 있었다.

지축을 울리는 그 울림도 바로 거기.

"내놔!"

일명이 소리치면서 달려들었다.

그때였다.

끼이이─이─잉─!

고막을 찌르는 괴기(怪奇)한 음향이 터져 나오면서 무서운 빛이 팔찌에서 일어났다.

"으악!"

항거 불능의 힘에 일명은 뒤로 퉁겨져 나가고 말았다.

눈을 뜨기 어려운, 공포의 빛으로 인해 눈살을 찌푸리면서.

"저럴 수가……!"

팔랑개비처럼 뒤집혀 날아간 일명은 눈 속에 파묻혔던 얼굴을 들다가 놀라 입을 딱 벌렸다.

팔찌[環]!

그 너무도 평범해 보이던 팔찌에서 검고 일렁이는 기이한 빛이 수없이 많은 원을 뿜어내면서 날아가고 있었다. 상상하기도 어려운 음향을 뿜어내면서…….

끼이아아아앙!

소리에 놀라 숲의 모든 나무들이 몸서리를 치며 덜덜 떨었고 눈보라가 하늘을 가릴 듯이 날아올랐다.

어디 그뿐인가?

광승의 손에서 날아오른 팔찌는 한순간에 거대한 검은 고리가 되어 놀랍게도 십 장 주위를 덮어버렸다.

쿠콰콰콰―쾅!

천지를 무너뜨리는 것 같은 굉음.

검은 고리가 닿는 곳에 있던 나무들이 부서졌고 가루가 된 바위가 산산이 흩어지며 광풍에 휘감겨 사라졌다.

"크으윽!"

일명조차 견디지 못하고 손으로 귀를 틀어막았다.

심금(心琴)을 떨어 울리는 무서운 음향은 말 그대로 정신을 공격하는 것이라서 무서운 고통을 느껴야 했기 때문이다.

'으으…… 이게 뭔 소리냐? 무슨 도깨비가 울부짖는 것도 아니고 귀신이 지옥에서 지랄을 떠는 거 같네!'

일명이 일그러진 얼굴로 진저리를 칠 때,

"크으으윽!"

신음이 들리며 광승이 비틀거렸다.

그의 손에는 방금 떠났던 그 팔찌가 들려 있었다.

달라진 것은 아무것도 없는 듯했다.

하지만 눈앞에 펼쳐진 것은 한 폭의 지옥도였다.

검은 고리의 범위에 들었던 것은 모조리 산산조각이 났다.

그러나 그것이 다가 아니었다.

그 귀신이 호곡하는 듯한 음향이 미친 곳에 있던 것들도 무서운 타격을 받았고 주변에 있던 생령(生靈)들이 모조리 죽어 넘어져 있었던 것이다. 무섭기 이를 데 없었다.

"겁백천뢰(劫魄天籟)의 전설이 사실이라니……."

광승은 괴로운 듯 신음을 흘렸다.

동시에 그의 얼굴이 창백해지더니 왈칵, 한 모금의 피를 토해냈다.

"나의 수미대능력(須彌大能力)으로도 이 마력(魔力)에서 버틸 수조차 없다니…… 크으으……!"

광승은 손에 움켜쥔 팔찌를 보면서 신음을 흘렸다.

팔이 부들부들 떨렸다.

눈에서 광기(狂氣)가 이글거린다.

방금 팔찌에서 인 겁백천뢰의 영향을 받은 것이다.

전설대로라면 그 팔찌는 신물(神物)이면서 마물(魔物)이었다.

광승의 능력으로서도 제어할 수 없으니 그 힘이 얼마나 대단한 것일까.

"나무아미타불! 옴―반야바라밀……."

괴로움에 덜덜 떠는 소리가 짓이겨져서 광승의 입을 비집고 새어 나왔다.

핏물이 줄줄 광승의 입가로 흘러내렸다.

그때 그런 그의 눈에 한 사람의 모습이 보였다.

비틀거리면서 일어나고 있는 일명이었다.

창백한 얼굴의 일명은 그가 자신을 보자 씨익, 웃어 보였다.

"내 걸 떼먹고 도망갈 수 있을 거 같아? 일단 토끼는 나중에 셈하고,

그것부터 내놔."

일명이 손을 내밀었다.

그것을 보자 광승의 눈에서 살기가 드러났다.

팔찌를 든 손이 격하게 흔들렸다.

"크으으……!"

그는 격하게 신음을 흘리면서 갑자기 세차게 발을 굴렀다.

쿵!

동시에 그의 신형이 번쩍 하는 사이에 그 자리에서 사라졌다.

"뭐, 뭐야! 야, 이 도적 놈아! 어딜……!"

소리치던 일명은 갑자기 안색이 돌변했다.

드드드드…….

일명이 있던 자리가 격하게 흔들리기 시작했던 것이다.

그리고는 쿠르르…… 하는 소리와 함께 아래로 무너지기 시작했다.

산사태였다.

"으아―악!"

일명은 미친 듯 앞으로 뛰쳐나가 땅바닥을 무서운 속도로 긁어대면서 위로 올라가려고 했지만 간발의 차이로 일대가 모조리 다 무너져 내렸다.

아래의 계곡으로.

쿠콰콰콰콰…….

둘째 마당

"아이고, 젠장! 하마터면 뒈질 뻔했네……."

일명은 신음을 흘리면서 머리를 흔들었다.

산사태에 휩쓸려 구르고 튕기면서 굴러 내렸어도 절벽이 아니라 죽지 않은 게 천만다행이긴 했지만, 그래도 온몸이 부서지는 것만 같았다. 어디 부러지지 않은 게 천행이었다.

그런데!

"어라? 이게 어떻게 된 거야?"

주위를 둘러보던 일명은 눈을 깜박거렸다.

그럴 수밖에! 산사태로 있던 곳이 무너져 아래로 떨어져 내리면서 깜박 정신을 잃었었다. 그것을 증명하듯 지금 일명이 입은 승복은 완전히 흙투성이였다.

이미 적지 않은 시간이 지나 버린 듯 사방이 깜깜했다.

한데, 아무리 살펴보아도 희미한 어둠 속에 보이는 이곳은 그 낭떠러지 아래가 아닌 것 같았다. 단순히 낭떠러지 아래가 아니라, 비스듬히 치켜 오른 산언덕 위였다.

굴러 떨어진 자신이 어떻게 여기에 있을 수가 있단 말인가? 튕겨져서 이 언덕으로?

"말도 안 되지. 그랬다면 아작났을 건데……."

일명은 인상을 쓴 채로 중얼거렸다.

주위는 어두컴컴하여 사물을 잘 분간하기 어려웠다. 산속이라는 것은 알 수 있었지만 소림사에서 얼마나 떨어졌는지조차 알 수가 없었다.

하지만 더 이상 주위를 둘러볼 수가 없었다.

어디선가 기이한 퉁소 소리가 들리고 있었던 것이다.

처음이 아니라 언젠가 들었던 것 같은 소리, 그러고 보니 깨어나면서부터 계속해서 들리고 있는 퉁소 소리였다.

그 퉁소 소리를 느끼자 가슴이 울렁거리고 심장이 격하게 뛰었다.

'이게 무슨 소리지?

일명은 미간을 찡그렸다.

그때였다.

"멈추지 못하겠소!"

노한 음성이 천둥처럼 들려왔다.

그 소리는 벼락치는 것처럼 우렁차서 깜짝 놀란 일명은 주위를 두리번거리다가 그 소리가 들려온 곳이 어디인지를 발견했다.

일명이 있는 곳은 송백(松柏)이 무성한 언덕 위였다.

고개를 돌리니, 탁 트인 시야가 눈 아래에 들어왔다.

일명이 있는 그 언덕 아래로는 그럴듯한 공터 하나가 있고 여기저기 바위와 키 작은 나무들이 머리를 맞대어 보기 좋은 경관(景觀)을 이루고 있었다.

숲에는 희미한 밤 안개가 깔려 있다.

하늘에서 떨어지는 달빛이 그윽이 밤안개를 헤치고 있는, 그 중턱에는 울멍줄멍 바위들이 여기저기에 솟아 있음이 보였다. 높이가 두어 장이나 넘는 것들을 비롯하여 십여 개가 기이한 형세를 이루고 있는데다 창송취백(蒼松翠栢)들이 무리 지으니 가히 보기 드문 절경이었다.

그 가운데에 작은 정자(亭子) 하나가 있었다.

사방이 터진 정자는 오래된 듯 비바람에 빛바랬지만 주위의 절경과 어울려 높이 일 장 반가량의 바위 위에 우뚝하였다.

달빛 아래 한 폭의 절가(絶佳)한 풍경화를 보는 것 같았다.

바로 그 정자 안에 검은색 비단옷을 입은 중년인 한 사람이 앉아 있었다. 머리에는 능운건(凌雲巾)을 썼다. 그 아래 네모진 얼굴은 고오(高傲)한 기품이 서린 듯하고 희끗한 귀밑머리와 팔자수염은 위엄스러웠다. 그는 정자에 걸터앉은 채로 퉁소를 불고 있었는데 그의 그런 모습은 탈속한 선인을 연상케 할 정도로 뛰어난 점이 있었다.

문득 그가 불고 있던 퉁소를 내렸다.

그리고 한 가닥 읊조림이 그의 입에서 쓸쓸히 흘러나왔다.

그를 떠나보내고도 잊을 수가 없으니

한 가닥 사모하는 마음, 어느 때나 끊어지리.

난간에 기대어 소매로 눈송이 같은 버들개지를 털어낸다.

개울이 비껴 흐르고 산이 앞을 막아도

사람은 이미 가버리고 없구나······.

—자송별(自送別)

심난사(心難捨)

일점상사기시절(一點相思幾時絶)

빙란수불양화설(凭欄袖拂楊花雪)2)

계우사(溪又斜)

산우차(山又遮)

인거야(人去也)

말끝을 흐리는 그의 얼굴은 처연하기 이를 데 없었다.

길게 탄식하는 그의 얼굴에서는 한 가닥 눈물이 주체하지 못하고 볼을 타고 흘러내리고 있음이 달빛 아래 선연(鮮然)하였다. 필시 애절한 사연이 있음이 분명했다. 그렇지 않다면 어찌 그의 퉁소 소리에서 그처럼 뼛골에 절절히 스며드는 애한(哀恨)이 느껴질 것인가.

중년인이 만지작거리는 수중의 그 퉁소는 매우 특이했다.

보통의 퉁소보다 훨씬 길어 두 자는 넘어 보였다. 달빛을 받아 투명한 우윳빛 광채를 흘리는 그 퉁소는 제아무리 촌무지렁이가 보더라도

---

2) 소식(蘇軾)의 사 수룡음에서 세간래불시양화(細看來不是楊花) 점점시리인루(點點是離人淚)라고 하여 "자세히 보니 버들개지 아니로다. 점점이 이별한 사람의 눈물이로구나"라는 구절처럼 여기에서는 버들개지를 털어냄은 눈물을 털어낸다는 뜻으로 쓰였음.

귀물(貴物)임을 한눈에 알 수 있을 정도였다.

그런데,

'뭐, 뭐야? 내가 언제부터 울고 있었던 거지?'

척척한 느낌에 볼을 쓰다듬던 일명은 깜짝 놀랐다.

언제부터였을까? 그러고 보니 깨어나기 전부터 가슴 어린 슬픔이 느껴졌던 것 같기도 했다. 어리둥절하던 참이라 그 중년인이 퉁소 부는 것을 멈추고서야 비로소 자신이 울고 있었던 것을 깨닫고는 소스라쳐야 했다.

'대체 이게 무슨 일이람?'

일명은 믿지 못할 일에 눈을 깜박거렸다. 일곱 살이 넘은 이후로는 한 번도 운 적이 없었기 때문이다.

그는 상상도 하지 못했다.

절벽 밑으로 떨어져 정신을 잃어버린 그를 깨운 것이 저 퉁소 소리였음을, 그리고 그 소리에 끌려 여기까지 자신도 모르는 사이에 허겁지겁 기어왔었던 것을……

그때였다.

"아미타불……! 시주는 누구길래 퉁소 소리로 생령을 해치는 것이오?"

노성(怒聲)이 앞쪽에서 들려왔다.

중년인의 앞쪽에는 한 사람이 노기등등한 얼굴로 서 있었다.

나이는 사십대 중반쯤. 황색 가사를 걸친 중년승인 그는 방편산(方便鏟) 한 자루를 든 채로 분노의 빛을 가득 드러내고 있었다.

그의 뒤로는 대여섯 명의 승려들이 모습을 드러내고 있었는데, 창백한 얼굴도 있고 비틀거리는 사람까지 있어 모두 심한 타격을 받은 것처럼 보였다.

"뭐냐?"

중년인은 냉오(冷傲)한 표정으로 물었을 뿐, 그를 쳐다보지도 않았다. 소매를 슬쩍 들어 올려 자신의 뺨에 흐른 눈물을 닦았을 뿐이다.

방금까지의 구슬픈 표정은 사라지고 그의 얼굴은 얼음으로 조각한 듯 냉막하기 이를 데 없어서 전혀 다른 사람이 된 것만 같았다.

"아미타불…… 시주의 그 돼먹지 못한 통소 소리에 인근의 무고한 사람들이 정혈(精血)이 메말라 죽었소이다. 방금 빈승이 소리쳐 제지하지 않았다면 인근 십 리 내의 사람들이 모두 죽음을 면치 못하였을 터이니 대체 이게 무슨 짓이란 말이오?"

중년승이 방편산으로 탕탕! 땅을 치면서 소리쳤다.

그는 얼마 전 소림사 방장실을 떠났던 대승 화상이었다.

"돼먹지 못한 통소 소리라?"

중년인의 얼굴이 얼음처럼 차갑게 변했다.

"아미타불! 즐거움을 주고 편안함을 주어야 할 악기를 이용하여 사람들에게 피해를 주니, 어찌 좋은 말을 할 수가 있단 말인가!"

말을 할수록 화가 나는지 대승의 음성은 점점 격앙되어 사나워졌다.

어제부터 저 통소 소리를 추적했었다.

인근 주민들이 저 통소 소리에 피를 토했고, 가축들이 발광을 하다가 죽어가기까지 하였기 때문이다.

통소를 든 중년인은 힐끔 그를 보더니 차갑게 웃었다.

"꼴을 보니 소림사의 중인가 보군! 숭산이 모두 소림사의 것이기라

도 하단 말이냐? 당금 소림사의 방장이라 할지라도 감히 내 앞에서 큰
소리를 치지 못할 터인데, 너 따위 조무래기 중이 큰소리라니. 하
하……."

그의 차가운 웃음소리는 날이 선 비수처럼 중년승을 찔렀다.

'저자가 누구기에 장문방장을?'

자신보다 나이가 그리 많지 않아 보이는 중년인이었다.

그런데 그런 자가 감히 천하제일, 소림사의 방장대사를 들먹거리다
니…….

내심 코웃음 치며 그를 살펴보던 대승(大勝)은 그의 생김과 손에 들
린 기이한 통소를 보는 순간에 갑자기 가슴이 떨렸다. 얼굴은 하얗게
질리고 말았다.

"서, 설마 절정(絶情)…… 옥소(玉簫)?"

부지중에 떨리는 음성이 그의 입술을 비집고 새어 나왔다.

"흥! 네가 나를 알아보았다면 이제 어떻게 해야 할지도 잘 알겠구나?"

중년인이 차갑게 웃었다.

대승 화상의 얼굴이 하얗게 질렸다.

'마, 맙소사! 백존회의 십대고수 중 하나인 절정옥소 누한천(屢恨天)
이 어떻게 여기에 있단 말인가?'

절정옥소 누한천!

말 그대로 정을 끊는다는 절정옥소 누한천은 한 자루 옥소로 천하에
군림하여 적수를 만나지 못했다. 오직 제천존에게 한 번 패했다고 전
해질 따름이다. 그의 옥소십이식도 절정(絶頂)이지만 그 절정옥소에서

펼쳐지는 음공(音功)은 강호 독보라 세상이 모두 그를 두려워하였다.

희로가 무상(無常)하여 한자리에서 수백 명을 죽인다 할지라도 눈하나 깜짝하지 않는 절세마두!

그럼에도 어떤 때는 길거리에서 만난 고아 한 명을 위해서 귀찮음을 마다하지 않기도 하여 종잡을 수 없는 사람이었다. 하지만 그는 이미 십여 년 이상을 강호에 나타난 적이 없었다.

그런데 그런 그가 여기에 나타나다니…….

"아, 아미타불! 시, 시주께서 절정옥소 누 시주이신 줄을 몰랐군요. 하지만 어찌하여 소림사의 경내에서 이처럼 잔혹한 일을 벌이고 계시는 것입니까? 누 시주의 이런 행동으로 인해……."

사색이 된 대승 화상의 말에도 중년인, 절정옥소 누한천의 얼굴은 얼음과 같을 뿐이었다.

"흥! 소림사의 이름을 들어 나를 겁주려는 것이냐? 숭산에 소림사가 있다 한들, 어찌 숭산의 주인이 소림사일 것인가! 그런데도 소림사를 들어 나를 겁주려 하니 과연 네게 그런 능력이 있는지 보아야겠구나?"

"아미타불! 모두 피햇!'

절정옥소 누한천이 차갑게 웃는 것을 본 대승 화상이 다급히 소리쳤다.

이미 그의 살심(殺心)이 동한 것임을 알아보았기 때문이다.

그는 시간을 벌기 위해서 다급히 땅을 박찼다.

촤라랑 소리가 들리면서 그의 수중에 든 방편산이 맹렬한 바람을 몰고서 절정옥소 누한천에게로 덮쳐 갔다.

하지만.

삐―익!

한 소리.

오직 한 번의 퉁소 소리에 세상이 온통 뒤집혔다. 하늘이 암흑으로
가득 차고 세상이 절망의 나락에 빠져 버렸다.

"케에―엑!"

몸을 날렸던 대승 화상이 맥없이 땅바닥으로 떨어져 나동그라졌다.
그뿐 아니라 다른 모든 승려들도 마찬가지였다. 그들은 가슴을 부여잡
고서 귀를 틀어막으면서 뒹굴고 있었다.

그들의 칠공에서 피가 쏟아져 나오기 시작했다.

"억?!"

일명 또한 절로 입을 딱 벌렸다.

벌리고 싶어 벌린 것이 아니었다.

가슴이 터질 듯하여 절로 입이 벌어졌다.

거대한 충격이 철퇴처럼 가슴을 쳤다. 한정없는 공포(恐怖)가 뇌리
를 쳤고 그것을 부정하듯 일명은 양손으로 귀를 틀어막았다. 그 바람
에 일명은 그만 중심을 잃고 비틀거리다가 비탈 아래로 굴러 떨어지고
말았다.

휘휙―

세찬 바람이 일어나 일대를 쓸기 시작한다.

죽음의 바람이었다.

셋째 마당

삐이이~ 리리이이~

살벌한 퉁소 소리가 일대를 뒤덮었다.

풀잎이 생기를 잃고 말라갔다.

낙엽이 여기저기에서 힘없이 그렇게 굴러 떨어지고 있었다. 수백 년을 이어온 나무들이 삶의 기로에서 허덕거리며 급속히 말라비틀어져 갔다.

그 모두가 절정옥소 누한천의 퉁소 연주에서 비롯된 일이니 어찌 공포스럽지 않을 것인가!

둥둥둥~!

머리끝이 곤두서는 살기가 삽시간에 장내를 가득 짓눌렀다.

퉁소 소리는 들리지도 않았다.

그저 전신을 누르는 살기, 뇌리 저 깊은 곳에서 밀려오는 무한대의 공포가 온몸을 전율케 하고 세상을 흑암(黑暗)의 혼돈에다 밀어 넣는 것만 같았다.

은병사파수장병(銀瓶乍破水漿迸)이요, 철기돌출도창명(鐵騎突出刀槍鳴)이라…… 은병이 깨져 물이 쏟아지고 철기가 돌출하여 창칼이 부딪치는 소리가 귓전에서 쟁쟁하다.

정말 모든 것이 귓전에서 깨지고 부서지는 것만 같았다.

그 공포스러운 소리는 어느 순간, 갑자기 멎었다.

"누구냐?"

퉁소 불기를 멈춘 절정옥소 누한천이 차갑게 외쳤다.

그의 얼굴은 얼음 조각처럼 굳어 있었다.

…….

일대를 덮은 것은 죽음의 고요.

듣는 사람에게는 억겁과도 같은 순간이었으리라.

하지만 실제로 퉁소가 연주된 것은 길게 휘파람을 부는 시각에 지나지 않았다. 겨우 숨 서너 번을 몰아쉴 정도의 시간이었을까?

채 십 장도 벗어나지 못하고 여기저기 나뒹굴고 있는 시신들.

대승 화상에서부터 다른 승려들까지, 누구도 예외가 없었다. 꿈틀거리는 자도 없다. 모두가 칠공에서 피를 흘리며 쓰러져 죽어 있었다.

눈 위에 참혹하게 흩뿌려진 붉은 핏방울들……

"천살지명(天殺之鳴) 하에서도 버틸 수 있다면 무명지배는 아닐 터, 모습을 드러내지 않을 것인가?"

절정옥소 누한천이 다시금 냉랭히 말했다.

냉전(冷電)과도 빛나는 그 눈은 십여 장쯤 떨어진 숲 속을 쏘아보고 있었다.

달빛 아래, 한 사람이 천천히 모습을 드러냈다.

늘씬한 키.

온몸을 두른 것은 검은 야행의, 등에 멘 것은 한 자루 보검. 긴 검수(劍穗)를 일렁이며 천천히 걸어나오고 있는 흑의인의 얼굴은 옥으로 조각한 듯 수려하다.

남자가 아니라 여인이었다.

나타난 사람이 여자, 더구나 불과 이십여 세임을 보자 절정옥소 누한천은 뜻밖인 듯 미간을 찡그렸다. 그의 천살지명을 들어 넘길 수 있는 능력자가 어린 계집이라니······.

여인은 차가운 눈빛으로 주위를 쓸어보더니 중얼거렸다.

"사람의 목숨을 초개(草芥)처럼 여기는 것은 세월이 흘러도 변함이 없나 보군요."

"나를 아느냐?"

절정옥소 누한천이 괴이한 빛으로 그녀를 보았다.

"흥! 내가 당신이 누군지 알아야 할 이유라도 있던가요?"

말과 함께 흑의여인은 몸을 돌렸다.

다시 그 자리를 떠나려는 것 같은 모습이었다.

순간.

노한 빛을 떠올렸던 절정옥소 누한천은 그녀의 등에 걸린 보검을 보고서는 안색이 돌변해 다급히 소리쳤다.

"냉혼검(冷魂劍)? 머, 멈춰라!"

그의 고함 소리에 흑의여인은 걸음을 멈추었다.

하지만 걸음을 멈추었을 뿐, 뒤를 돌아보지는 않았다.

"너는…… 너는, 그녀와 어떤 관계냐?"

절정옥소 누한천이 떨리는 음성으로 다시 소리쳤다.

"누구 말인가요?"

흑의여인은 여전히 뒷모습을 보인 채로 냉랭히 말을 받았다.

"냉혼검의 주인은 이 세상에 오직 한 사람뿐이다. 옥교(玉嬌)의 냉혼검을 어찌 네가 가지고 있단 말이냐?"

"세월이 흘렀으니 물건의 주인이 바뀌는 것이야 당연한 일. 이 세상에 영원히 사는 사람이 있던가요? 흥! 천하의 절정옥소가 설마 하니 그런 것도 모를 줄이야……."

그녀의 말에 절정옥소 누한천의 안색은 창백해졌다.

그는 비틀 하다가 이내 세차게 머리를 흔들었다. 떨리는 음성이 입술을 비집었다.

"그녀가 죽었단 말이냐? 마, 말도 안 되는 소리!"

순간. 한줄기 경풍이 일며 그는 찰나간에 칠 장여의 거리를 가로질러 흑의여인을 덮쳐 갔다.

쨍!

날카로운 음향과 함께 서릿발 같은 검기가 일었다.

사람의 그림자가 갈렸다.

흑의여인과 절정옥소 누한천은 일 장가량의 거리를 두고 서로 마주 본 채로 서 있었다.

흑의여인의 손에는 서릿발 같은 검기를 피워 올리는, 냉혼이라 이름하는 보검이 들려 절정옥소 누한천을 겨누고 있었다.

"냉혼십삼검(冷魂十三劍)…… 정말 옥교의 전인이냐?"

묻는 절정옥소 누한천의 눈빛이 격정으로 일렁였다.

"그분을 기억하기는 하나요?"

여전히 차가운 흑의여인.

그녀야말로 예전 일명이 개봉성의 골목에서 한 번 본 적이 있는 여인이었다. 귀영신투의 뒤를 쫓던, 냉심차혼이라 불린다던 그 흑의여인.

"그녀를 기억하냐고?"

어이없다는 듯이 그녀의 말을 되뇌이던 절정옥소 누한천은 갑자기 미친 듯이 웃어댔다.

"으하하하하하하……!"

그의 웃음소리는 미친 듯 사방으로 흩어졌다.

어깨를 들썩이며 웃는 그 웃음소리에서는 애증(愛憎)과 비분(悲憤), 회한(悔恨) 등의 온갖 감정이 다 실려 있어서 듣는 사람의 가슴을 온통 헤집는 것만 같았다.

"내 눈이 세상을 보는 한, 내가 숨을 쉬는 한, 어찌 한순간이라도 옥교를 잊을 수 있단 말이냐? 아침 이슬방울이 풀잎에서 떨어지는 소리에도 그녀의 발자국 소리를 들었고 여름밤 불어오는 밤바람의 여운에서도 그녀의 숨소리를 들었다. 저 달을 볼 때마다 옥교의 얼굴을 떠올렸으니 언제 어디에서라도 그녀를 잊은 적이 없는 나다. 그런데……."

웃음을 멈춘 그가 고함치듯이 말을 쏟아냈다.

폭우가 쏟아져 불어난 계곡물이 성난 기세로 용솟음치는 것처럼 절절한 음성으로 소리치던 그가 갑자기 눈을 부릅떴다.

무서운 기세, 무서운 눈빛이 그에게서 쏟아졌다.

휙휙휙—

아무런 움직임을 보이지 않아도 눈보라가 세차게 그의 주변을 휘감으며 일어났다.

"그런 나에게 그녀를 기억하는가를 물었단 말이냐?"

흑의녀의 안색이 조금 달라졌다.

그처럼 격렬한 반응은 전혀 생각하지 않았다는 표정, 잠시 그를 쳐다보고 있던 그녀는 절정옥소 누한천에게 말했다.

"그렇게 그분을 생각했다면 왜 그분을 떠났던 건가요?"

"……!"

그 말에 절정옥소 누한천의 안색이 달라졌다.

…….

갑자기 주위에 정적이 찾아들었다.

밤바람에 사라락거리며 눈송이가 떨어지는 소리가 이따금 눈치를 보며 들릴 뿐, 숨소리조차 들리지 않는 것 같았다.

이윽고 그가 입을 열었다.

"그녀가, 옥교가 그랬단 말이냐? 내가 그녀를 떠났다고?"

"사내는 모두가 거짓말쟁이니 절대 믿지 말라고 하셨죠. 곁에 가지도 말고, 말도 하지 말라고……."

"그랬단 말이냐? 정말로? 정말 그랬단 말이냐? 지난 십칠 년간 매년 이곳에 와서 그녀를 기다렸거늘, 한 번도 찾아오지 않고서…… 그래 놓고서 내가 그녀를 떠났다고 하더란 말이냐?"

절정옥소 누한천은 넋을 잃은 듯한 표정으로 중얼거렸다.

그의 그러한 모습에 흑의녀의 얼굴이 괴이하게 변했다. 그동안 들었던 것과는 뭔가 다른 듯했기 때문이다.

"……."

다시 침묵이 찾아들었다.

'설마 사부께서 뭔가를 잘못 생각하신 거란 말일까?'

흑의녀는 괴이한 빛으로 절정옥소 누한천을 바라보았다.

문득 절정옥소 누한천이 눈에서 빛을 뿜어내면서 말했다.

"옥교는 어디 있느냐?"

"그건 왜 묻죠?"

"말해 다오, 지금 그녀가 어디 있는지."

"말해 주면 찾아가기라도 할 건가요?"

"물론이다."

"좋아요. 그럼 찾아가도록 해요."

말과 함께 흑의녀는 검날을 슬쩍 흔들었다. 미미한 움직임이었지만 그녀의 손에 들린 검이 서릿발 같은 검기를 끌면서 소리도 없이 절정옥소 누한천의 목젖을 향해 주욱 뻗어났다.

"무슨 짓이냐?"

절정옥소 누한천이 미간을 굳히고 꾸짖었다.

윙윙!

흑의녀의 냉혼검이 절정옥소 누한천의 바로 앞에서 세차게 흔들렸다. 놀랍게도 절정옥소 누한천의 몸에서 일어나는 호신강기(護身罡氣)가 그녀의 검을 가로막고 있는 것이다.

그의 그러한 무공을 본 흑의녀는 놀란 빛이 역력했다. 하지만 그녀의 얼굴에는 차가운 빛이 다시 드리워졌다.

"그분을 찾아간다고 하지 않았던가요?"

"무슨······!"

되묻던 절정옥소 누한천의 안색이 돌변했다.

"그, 그럼 정말 옥교가 죽었단 말이냐?"

순간, 그의 앞에서 세찬 진동을 일으키고 있던 흑의녀의 검이 사정없이 날아들어서 그의 목젖을 꿰뚫었다. 아니, 그렇게 되는 것처럼 보였다. 그 찰나간에 흑의녀가 찌르던 기세를 멈추지 않았다면 그렇게 되었으리라.

절정옥소 누한천이 격동하면서 자신을 보호하던 호신강기를 흩뜨렸기 때문이다. 검끝이 자신의 목젖을 파고들어도 그는 아랑곳하지 않았다.

넋을 잃은 듯한 절정옥소 누한천을 바라보던 흑의녀가 물었다.

"죽음이 두렵지 않은가요? 설마 내가 당신을 찌르지 못할 거라고 생각하는 건 아니겠죠?"

"그녀가 죽어 나를 기다린다면 나 또한 그녀를 찾아가야 할지니, 그까짓 죽음이 무에 두려우랴? 어차피 영원할 수 없음이 사람의 생이거늘······."

"······."

묵묵히 그를 바라보고 있던 흑의녀가 검을 거두었다.

절정옥소 누한천의 목에서는 가늘게 한 가닥 핏물이 흐른다.

"정녕 죽음이 두렵지 않다면 항산(恒山) 절정애(絶情崖)로 찾아가 보도록 해요."

"항산?"

그때였다.

펑! 펑!

밤하늘 저쪽에서 요란한 폭죽 소리가 들려왔다.

第六章

걸세마돈의 무공을 사기 치다

첫째 마당

어둔 하늘.

불꽃을 터뜨리면서 솟구쳐 오른 폭죽은 선명했다. 비록 그것이 크고 화려하지 않더라도 누구라도 볼 수 있을 정도임은 분명하다.

그쪽을 힐끔 바라본 흑의녀는 냉담한 음성으로 말했다.

"오늘 숭산을 찾은 사람은 직지 않은 모양이군요. 백존회에서는 당신 외에 누가 왔죠?"

"그들이 무엇을 하든, 나와는 상관없다."

그의 대답에 흑의녀는 멈칫, 했다가 차갑게 웃었다.

"세상이 당신을 일러 천하오시(天下傲視) 광망절세(狂妄絶世)라 하더니 과연이군요."

말과 함께 흑의녀는 몸을 돌려 그곳을 떠나려 했다.

"네 이름을 말해 줄 수 있겠느냐?"

"······."

흠칫, 그를 바라보던 흑의녀가 말하였다.

"회옥(懷玉)."

"회옥······ 회옥이라고······."

절정옥소 누한천은 망연한 빛으로 그 이름을 중얼거렸다.

"그런가? 그녀도 나를 잊지 못하고 괴로워하고 있었던가? 그러면서도 왜 나를 찾지 않고서······."

회옥이란 옥을 품는다는 뜻이지만 옥을 생각한다는 의미이기도 하다. 다른 사람이라면 그냥 들어 넘길 이름일지 몰라도 절정옥소 누한천은 달랐다. 그는 따로 아호 하나를 가지고 있는데, 그것은 바로 옥계(玉溪)였다.

황산 구곡계(九曲溪)에 발을 담근 채로 그의 퉁소 소리를 듣던 그녀는 웃으며 그에게 말했었다.

"당신의 퉁소 소리는 이 계곡물 소리와 같으니 앞으로 난 당신을 옥계라고 부를 거예요." 라고.

그 이름은 물론 그녀만이 부를 수 있고, 아는 이름이었다.

"알 수 없군, 알 수 없어······."

머리를 흔들어대던 절정옥소 누한천은 자신의 앞에 서 있던 흑의녀가 사라져 버렸음을 발견했다.

그의 무공으로 어찌 그녀가 떠남을 알지 못했을까.

군이 잡지 않았을 뿐이다.

산이 닳고 강물이 마르고
겨울에 천둥이 울고, 여름비 눈이 되며
천지가 하나로 될 때에나 우리의 약속은 끊어질 수 있을 것인
가…….
산무릉(山無陵) 강수위갈(江水爲竭)
동뢰진진(冬雷震震) 하우설(夏雨雪)
천지합(天地合) 내감여군절(乃敢與君絶)…….

달빛 아래 망연한 표정으로 중얼거리던 절정옥소 누한천은 길게 한
숨을 내쉬었다.
천하를 공포로 떨게 만드는 마두 누한천.
세상이 그의 존재를 아는 것만으로도 밤잠을 설치게 만드는 절세의
마두 누한천이건만 오로지 한 사람, 그녀만은 그로 하여금 밤잠을 설치
게 하고 눈물짓게 할 수 있었다.
그는 눈을 들어 조금 전까지 자신이 앉아 있던 정자를 보았다.
빛바랜 현판.
거기에는 "懷玉亭"이라는 석 자가 뚜렷하게 자리한다.
어찌 모르겠는가?
십여 년. 정확히 십칠 년 전에 그녀와 헤어진 다음 해에 저 현판을
그가 걸었으니, 회옥이란 두 글자를 보는 순간에 가슴이 미어지는 것만
같다.

나를 잊은 줄 알았더니, 그녀도 나를 잊지 않고 있었던가?

"가지! 도산화계(刀山火溪)가 앞을 가로막더라도……."
그가 다시금 중얼거릴 때였다.
"켁, 케액!"
문득 숨이 끊어질 듯 기침하는 소리가 들려왔다.
주위에 보이는 것은, 살아 있는 것은 모두가 생기를 잃었다. 누한천이 발한 천살지명 때문이었다.
그런데 살아 있는 사람이라니?
그쪽을 본 누한천의 눈에 기이한 빛이 어렸다.
한 모금의 피를 토하고서 꾸물꾸물 일어나는 사람은 놀랍게도 동자승이 아닌가.
그의 공력으로 일명이 숨어 있음을 모를 리가 없다.
하지만 그는 이미 일명이 죽었을 것으로 알고 신경도 쓰지 않았다. 무림고수라도 견디기 어려울 천살지명을 어찌 꼬마가 견딜 것인가!
그런데 죽지 않다니…….
"아이고오, 가슴이 찢어지는 것 같네……."
가슴을 움켜쥐고서 켁켁거리던 일명은 흠칫했다.
힐끔 둘러본 주위에 살아 있는 것은 아무것도 없었다.
사방의 나뭇가지들은 이고 있던 눈송이조차 모두 떨쳐 내고는 앙상하게 말라비틀어져 생기를 잃었다. 거기에 눈밭을 붉게 물들이며 여기저기 널브러진 시체들이 달빛 아래 드러나 있으니 공포스럽기 짝이 없는 광경이 아닌가.

게다가 그들은 모두 자신이 알던 소림사의 사람들.

"으으······."

일명은 눈앞에 있는 절정옥소 누한천을 발견하고는 가슴이 철렁해 주춤, 한 걸음 물러났다.

푸르스름한 빛을 흘리는 옥퉁소를 손에 쥔 그와 눈이 마주치자 뱀을 본 쥐처럼 감히 움직일 수조차 없었다.

하지만.

'이놈 봐라?'

절정옥소 누한천 또한 괴이한 빛으로 일명을 보고 있었다.

낭패한 행색의 저 동자승이 자신을 보곤 놀라는가 싶더니 이내 눈알을 굴리는 것이 도주할 틈을 노리고 있음을 알아보았기 때문이다. 겉으로야 여전히 겁먹은 표정이지만 그 정도에 속을 누한천이 아니었다.

보면서도 믿을 수 없는 일이었다.

무공을 익히지 않았거나, 겨우 기초를 닦은 동자승이라면 자신의 기세에 노출되는 순간, 공포에 질려서 전신이 얼어붙을 것이고 그 자리에 주저앉지 않는 것만으로도 충분히 장한 일일 터이다.

그런데 도주할 궁리를 하다니······.

그가 손을 쳐들자 맹렬한 힘이 허공을 격하고 일명을 잡아당겼다.

"허헉?"

일명이 놀라 입을 딱 벌리는 순간에 절정옥소 누한천은 훌쩍 끌려온 일명의 손목을 간단히 잡아챘다.

"사, 살려주세요!"

일명이 눈물을 흘리며 겁먹은 얼굴로 털썩, 무릎을 꿇었다. 손목을 잡힌 손에다 다른 한 손까지 얹어서 싹싹 빌었다.

그러나 절정옥소 누한천은 차갑게 웃을 따름이다.

"돼먹지 않은 연극을 한다면 지금 바로 죽여주마. 계속할 테냐?"

그의 말에 일명은 울음을 뚝 그쳤다.

눈물이야 그렁그렁하지만 그 얼굴을 가득 덮었던 공포의 빛은 어느 새 흔적조차 사라져 보이지 않았다.

완전히 다른 사람의 얼굴을 보는 것만 같았다.

말을 한 절정옥소 누한천조차도 믿기 어려울 지경이라 벌린 입을 다 물 수가 없을 정도였다.

"아뇨, 하지만 정말 무서운 건 사실이에요……."

일명이 눈물이 그렁한 눈을 끔벅이며 어색하게 입을 열자 절정옥소 누한천은 코웃음 쳤다.

"홍!"

순간, 일명은 입을 딱 벌렸다.

가공할 힘줄기가 손목을 통해서 팔을 꿰뚫고서 가슴으로 침입했던 것이다. 거대한 구렁이가 기어들어 와 전신을 헤집는 것만 같았다. 끔찍한, 참을 수 없는 고통이 전신으로 치달았다.

"눈물을 보이거나 아프다는 소리를 지르지 않는다면 살려주마. 신음 소리라도 흘린다면…… 넌 끝이다."

"……."

일명은 벌렸던 입을 닫았다.

고통으로 이를 악물고 눈을 부릅떴다.

'선기(禪氣)라?'

공력을 흘러내어 일명의 내부를 더듬어보던 절정옥소 누한천은 묘한 표정으로 일명의 손목을 잡았던 손을 거두었다.

그는 미간을 찡그린 채로 일명을 바라보더니 이내 손을 뻗어 일명의 머리와 어깨, 가슴 팔 등을 떡주무르 듯이 만져 보곤 잠시 생각에 잠겼다 입을 열었다.

"소림사의 사미냐?"

고통으로 치를 떨고 있던 일명이 일그러진 얼굴로 말했다.

"나, 나무하는 불목하니에요."

"불목하니? 불목하니가 여기까지 어쩐 일이냐?"

"나, 나도 몰라요. 퉁소 소리에 정신을 잃었다가 눈을 뜨니……."

다른 사람이라면 그 말을 믿지 않았을 것이었다.

하지만 절정옥소 누한천은 그 말이 사실임을 알고 있었다.

그가 연주한 상심지곡(傷心之曲)에는 격렬한 분노와 비통(悲痛)이 깃들어 있었다. 평범한 사람이라면 그 곡조에 끌려 여기까지 오기 전에 정혈이 말라 죽는 것이 정상이었다.

'그런데 여기까지 오고, 천살지명에서까지 살아남았단 건가?'

있을 수 없는 일이다.

똘망한 일명의 눈을 본 절정옥소 누한천은 문득 미간을 찡그렸다.

'어떻게 해서 이런 놈을 불목하니로 부리고 있는 거지? 소림사에 이렇게도 눈이 없단 말인가?'

"중이 되고 싶으냐?"

"예?"

난데없는 절정옥소 누한천의 말에 일명은 얼떨떨해 그를 보았다.

"중이 되고 싶으냐고 물었다. 만약 나를 따라가겠다면 네게 힘을 주마."

"힘을?"

일명의 얼굴에 당혹한 빛이 어렸다.

"그게 무슨? 설마……."

순간.

절정옥소 누한천이 손을 휘둘렀다.

쩡!

삼 장 밖.

눈 속에 버티고 있던 커다란, 일명만한 바위가 두부를 칼로 자른 듯이 그대로 두 조각이 나버렸다.

일명의 눈이 커졌다.

검도 아닌 퉁소를 그냥 휘둘렀는데 저 먼 곳에 있던 것이…….

"나를 따라가면 이런 힘을 가질 수 있다."

당연히 무릎을 꿇고 제자로 삼아달라고 애원하리라 생각하고 물었다. 그런데.

"배우고 싶긴 한데요……."

일명이 머리를 긁적이며 말끝을 흐리는 것이 아닌가.

"그런데?"

"그게……."

머뭇거리던 일명은 자신에게 있는 괴이한 일을 줄줄 다 불었다.

그 말을 들은 절정옥소 누한천의 얼굴도 괴이하게 변했다. 듣느니 처음인 괴사(怪事)였기 때문이다.

"자고 나면 잊어버린다고?"

누가 들어도 이해가 될 리가 없다.

더구나 일명은 이미 그 금제가 해제되었음을 말하지 않았다.

제석참마공을 배우기 전이라면 당연히 따라가겠다고 말했을 터이지만 지금은 갈등을 하면서 눈치를 볼 수밖에 없었다.

"무엇이든 한 번만 보면 기억한다고?"

"그렇긴 하죠……."

잠시 생각에 잠겨 있던 절정옥소 누한천이 문득 수중의 옥퉁소를 들어 올렸다.

"보거라."

말과 함께 그가 손을 휘둘렀다.

소매가 흔들리는가 싶더니 쭈욱 뻗은 옥퉁소가 일명을 가리켰다.

"헉?"

얼떨떨하던 일명이 입을 딱 벌렸다.

천외일래(天外一來)!

하늘 밖에서 점 하나가 나타나는 것 같더니 이내 그것은 거대한 기둥이 되어 일명의 눈을 향해 날아들었다. 너무도 크고 빨라 어디로도 피할 방도가 없고 어떻게 피할 수 있을지조차 생각나지 않았다.

'으악! 뭐 이런 게 있어!!'

식은땀이 쭉 흘렀다.

찰나간에 공포의 빛이 일명의 얼굴을 온통 덮었다.

분명히 옥소를 들어 찔러온 것뿐이었다.

그런데 그게 불쑥 커지는 것 같더니 이내 시야를 가득 메우는 것이 아닌가! 천지가 온통 그 옥소의 범위에 들어가는 것 같았다. 아니, 천지뿐 아니라 일명 자신조차도 옥소 안으로 빨려 들어가는 것만 같았다.

공포에 질린 일명은 그 자리에 나무토막처럼 서 있었고, 순식간에 모든 것은 원래대로 회복되었다.

그리고 들리는 소리.

"천외래홍(天外來虹)! 하늘 밖에서 무지개가 날아든다는 옥소십이절(玉簫十二絶) 중 후삼절(後三絶)의 하나다. 네가 따라 할 수 있겠느냐?"

"그게……."

일명은 난감한 표정으로 중얼거리기만 했다.

본 거라고는 시야를 가득 채운 거대한 몽둥이 끝 토막(?) 하나뿐이니 무슨 말을 할 수가 있겠는가.

"하긴 한 번 보고 따라 할 수 있다면 어찌 상승무학이라 할 수 있으랴. 내 옥소십이절을 네 앞에서 시연할 터이니 어디 한번 자세히 보거라."

절정옥소 누한천은 옥소를 슬쩍 흔드는가 싶더니 소매가 흔들리는 가운데 옥소로 기기묘묘한 움직임을 보이기 시작했다.

때리고, 후리고, 치고, 붙이고, 흘리는 갖가지 흐름 가운데 옥소의 모습이 점차 잔영(殘影)으로 남는가 싶더니, 마침내 희뿌연 빛으로 화해 일명의 앞쪽 허공을 꿈틀거리기 시작하였다.

한 가닥 바람이 휘몰고 일기 시작하더니 이내 옥소의 움직임에 따라서 질풍이 일었다. 바닥에 떨어진 나뭇가지들과 눈 더미들이 눈보라가되어 그 바람에 끌려 날아올랐다.

옥소의 움직임을 따라 일대에는 온통 눈보라가 휘몰아쳤다.

그 모습은 신비롭기조차 했다.

"화아……!"

일명의 입이 딱 벌어졌다.

처음에는 모든 것이 천천히 흘러가는 것 같았다.

손의 움직임도 옥소의 흔들림도 모두 보였다.

달빛이 조금만 더 어두웠더라면 움직임을 보기 어려웠을 터였다.

그러나 누한천이 있는 곳은 달빛이 내려앉았고 그는 일부러 느릿하게 초식을 펼쳤으므로 일명은 그것을 볼 수 있었다.

하지만 그렇게 느릿하던 움직임은 어느 순간에 이르자 백호가 뛰놀고 용이 꿈틀거리는 것처럼 달라졌다. 심산에서 천지를 떨어 울리는 포효(咆哮)와 함께 쩍 벌린 호랑이의 입이 보이는가 싶더니, 이내 구름 속에서 용소(龍嘯)를 불어내며 거대한 옥룡이 솟구쳐 나왔다.

옥룡은 길게 용소를 불어내면서 하늘로 솟구쳐 오르는 것 같다가 다시금 절정옥소 누한천의 손으로 돌아와 옥소로 변신해 내려앉았다.

천천히……

사방을 휘돌고 있던 바람들이 잦아들었지만 천지를 덮은 눈보라는 아직도 절정옥소 누한천의 주위를 돌고 있었다.

"……."

그 광경을 일명은 넋을 잃은 듯이 바라보고 있었다.

"보았느냐?"

그 모습에 절정옥소 누한천은 슬쩍 미간을 찡그리며 물었다.

모양새를 봐선 뭘 봤을 리가 없으리라 보여졌기 때문이다. 하긴 그의 옥소십이절을 꼬마 녀석이 한 번 보고 뭘 알 수가 있을 것인가.

그의 물음에 일명은 눈을 깜박이더니 말했다.

"한 번…… 한 번만 더 볼 수가 있을까요?"

"……."

물끄러미 그를 바라보던 절정옥소 누한천은 무슨 생각이 들었던지 고개를 끄덕이고는, 다시 한 번 옥소십이절을 펼치기 시작했다.

다시금 백호가 날뛰고 옥룡이 나타났다.

놀랍게도 옥소십이절의 후반 초식에서는 옥소가 절정옥소 누한천의 손을 떠나 고막이 찢어지는 휘파람 소리를 내면서 그의 운기(運氣)에 따라 사방을 떠다녔다.

그것이 바로 옥룡의 정체였다.

시전을 마친 절정옥소 누한천이 물었다.

"되었느냐?"

눈을 깜박이면서 절정옥소 누한천이 들고 있는 옥소를 바라보고 있던 일명은 옆에 있던 나뭇가지를 꺾어 들었다.

그리곤 나뭇가지를 옥소 삼아 휘두르기 시작하였다.

"으음……."

일명의 움직임을 보는 절정옥소 누한천의 눈빛이 침중해졌다.

어설프다.

그것도 많이 어설펐다.

조금 전 그가 시전했던 것과는 비교도 되지 않았다.

그저 겨우겨우 흉내만 내고 있을 뿐이었다. 그나마 몇 번이나 다리가 꼬이고 손이 제대로 움직이지 않아서 넘어질 뻔했다.

일명이 말했던 무엇이나 한 번만 보면 따라 할 수 있다던 것과는 거리가 멀어도 한참 멀었다.

하지만 정작 절정옥소 누한천은 놀람을 금할 수가 없었다.

일명이 비틀거리면서도 손에 쥔 나뭇가지로 기이한 동작 하나를 전개하고는 손에 쥔 나뭇가지를 튕겨내다가 그 나뭇가지를 떨어뜨리고는 난감한 빛으로 자신을 바라봄을 보면서 그 놀람은 극에 달했다.

"무지하게 어렵······."

뒷머리를 긁적거리는 일명.

그러나 절정옥소 누한천은 다시 명했다.

"처음부터 다시 해보거라."

"그건······."

인상을 찡그리고서 뭔가 말을 하려던 일명은 누한천의 냉정한 눈빛을 보자 감히 입을 열지 못하고 다시 나뭇가지를 휘두르기 시작했다.

슬쩍 나뭇가지를 휘둘러 가볍게 떨어 내치는 것은 월광은현(月光隱現), 바로 옥소십이절의 기수(起手)가 아니던가!

이어 철철철 나뭇가지에 묻은 눈을 털어버리는 것 같은 나뭇가지 끝의 미묘한 움직임은 월광은현 서른두 가지 변화 가운데의 정수(精髓).

어깨를 움찔한 일명은 나뭇가지를 슬쩍 치켜 올리는가 싶더니 이내 거세게 옆으로 쓸어내면서 움직이기 시작한다.

아까보다는 분명히 나아졌다.

하지만 걸리는 것은 오히려 더 해 보였다.

누가 보아도 격심한 부조화.

"보거라."

절정옥소 누한천의 말이 들렸다.

일명의 눈앞에 방금 그가 펼친 월광은현의 일초가 펼쳐졌다. 절정옥소 누한천이 펼친 것은 아예 다른 무공 초식처럼 보였다.

"아하!"

눈을 깜박이면서 바라보던 일명이 탄성을 질렀다.

"이거였군!"

말과 함께 일명은 수중의 나뭇가지를 휘둘러 방금 본 절정옥소 누한천의 월광은현을 시전해 냈다. 자못 흡사한 형태로.

첫 단추가 문제였던지 첫 초식인 월광은현을 시전해 내자 그 뒤까지는 제법 그럴듯하게 계속해서 초식을 이어갔다.

그 끝은 여전히 손에서 나뭇가지가 튕겨져 나가는 것으로 마무리가 되고 말았지만.

그러나 그것을 본 절정옥소 누한천은 할 말을 잃었다.

경악이 지나쳐 말이 나오지를 않았다.

'누가 말했다면 정말 믿지 않았으리라! 천존 이래, 이런 천재를 다시 볼 수 있게 되다니…… 무공을 제대로 배우지 않은 꼬마가 옥소십이절을 한 번 보고 그 요체(要諦)를 들여다볼 수가 있음을 누가 믿을 수 있더란 말인가?'

그도 마찬가지였으리라.

일명이 펼치는 옥소십이절은 완벽한 것은 아니었다.

오히려 많이 불합리하고 어설펐다. 그것은 너무도 당연한 일이었다. 하나 그 어설픈 일명의 움직임에는 정말 놀랄 만한 것이 있었다. 바로 동작에 연연하지 않고 그 자체를 이해하려는 움직임이 있었던 것이다.

게다가 마지막에 그 손에서 나뭇가지가 튀어 나가는 것은 절정옥소 누한천을 놀라게 하고도 남음이 있었다.

그것은 어기조소(馭氣調簫)의 고절한 수법으로써, 절정옥소 누한천의 옥소십이절 중 후반 삼초식에서 옥소가 그의 손을 벗어나는 것을 흉내 내려는 것이었으니 그것을 보고 어찌 놀라지 않을 것인가.

…….

갑자기 침묵이 흘렀다.

일명은 절정옥소 누한천이 자신을 노려보며 말을 하지 않자 입을 다물고서 초조히 그의 말을 기다렸다.

그러나 속으로는 궁리에 아주 바빴다.

따라가야 하나 말아야 하나.

이 옥소무공이 지금 자신이 배운 제석참마공과 비교해서 어느 게 더 나을 것인가……?

열심히 머리를 굴리고 있었던 것이다.

그때였다.

"지금 배운 것이 내일은 기억나지 않는단 말이냐?"

절정옥소 누한천이 물었다.

"예. 아무리 기억을 하려고 해도……."

일명은 거짓말을 했다.

워낙 천연덕스러우니 절정옥소 누한천마저도 속아 넘어갔다.

기실 그것은 얼마 전까지 사실이기도 했다.

그런데,

"아무리 괴질(怪疾)이라 할지라도 고치지 못할 리가 없겠지!"

절정옥소 누한천은 일명의 팔을 잡는 것이 아닌가.

"어, 어쩌게요?"

"너는 나와 같이 간다."

말과 함께 절정옥소 누한천은 일명의 손을 잡은 채로 훌쩍 허공으로 솟구쳤다. 무서운 속도로 신형이 날아올랐다.

"어엇! 나, 나는……!"

일명은 놀라 소리를 질렀다.

바로 그때였다.

둘째 마당

절정옥소 누한천이 날아오르는 순간.

산등성이 위에서 거대한 그림자가 무서운 기세로 거꾸로 곤두박질 치면서 그의 머리 위로 떨어져 내렸다.

그 속도는 놀랍도록 빨랐다. 날아오르던 누한천은 피할 수가 없었 고, 발연대노(勃然大怒)했다.

"감히……."

그의 얼굴에 살기가 스치는 순간, 옥통소가 위로 쳐들렸다.

강력한 일격.

통소에서 뿌연 빛무리가 일었다.

펑!

고막을 치는 굉음과 함께 맹렬한 경기가 사방으로 흩어졌다.

'대체 어떤 놈이길래……'

그 힘을 이기지 못하고 어쩔 수 없이 땅으로 내려선 절정옥소 누한천은 안색이 달라져 앞을 쏘아보았다.

팔랑개비처럼 핑핑 돌면서 한 사람이 땅으로 내려섬이 보였다.

봉두난발에다 누더기, 술 냄새까지 풀풀 풍기니 미상불 괴인(怪人)의 행색, 목에다 염주를 걸고 그 누더기가 승복이었음을 겨우 알아볼 수 있었으니 저자가 중이란 말인가?

"뭐 하는 놈이냐?"

그가 광승임을 알 리 없는 절정옥소 누한천이 물었다.

자신의 일격을 받아내는 능력을 보여주지 않았더라면 물어보지도 않고 죽여 버렸으리라.

"법(法)은 부체[佛]을 버리고 승(僧)은 법(法)을 버렸으니 세상이 모두 미쳤구나! 시주는 무엇을 알고자 하는가?"

그 물음에 껄껄 웃어댄 광승은 손에 든 술호로를 거꾸로 입에다 처박다가 술이 떨어졌음을 알고는 탄식을 터뜨렸다.

"술마저 나를 버리니 어찌 세상이 나를 버리지 않을쏜가! 죽음과 삶이 하나로 아득하니, 이 몸이 어디에 있은들 지옥과 다르랴? 이제 보니 시주는 염마전의 귀졸(鬼卒)이구려! 나를 잡으려 염마왕이 보냈던고?"

고개를 절레절레 흔들어대면서 말하는 광승의 이해하기 어려운 말에 얼떨떨했던 절정옥소 누한천은 그가 자신을 귀졸이라고 하자, 살기를 드러냈다.

"죽고 싶구나!"

말은 오히려 늦다.

일명을 옆으로 밀어냄과 동시에 옥소를 쭉 무찔러 냈다.

옥소의 한 점으로 끝으로 찔러내는 그것이야말로 옥소십이절 중의 첫 번째 초식인 천외래홍의 일초였다.

단 한 순간에 삼 장의 거리가 눈앞으로 당겨지자,

"이런 흉악한! 어찌 사람을 보자마자 죽이려 든단 말인가!"

광승이 놀라 소리쳤다.

동시에 그는 수중의 호리병을 쳐들어 퉁소를 막아냈다.

'미친!'

절정옥소 누한천의 눈빛이 차갑게 빛을 발했다.

보통의 사람이라도 겨우 호리병으로는 곧추세운 막대의 끝을 막기 어려운 법이다.

그런데 자신의 절정옥소를 겨우 호리병으로 막으려 들다니…….

팍!

쇠로 만든 것이라도 견딜 수 없을 것인데, 이 호리병은 원래의 호로 그대로인지라 맥없이 깨졌다. 산산이 부서지는 순간에 가공할 경력은 광승을 쳐갔다.

그때였다.

"건곤(乾坤)이 전도(顚倒)하니, 음양(陰陽)이 어찌 그 자리에 있을쏜가? 천지혼돈이로다!"

광승이 소리치자 깨진 호리병에서 갑자기 폭발하듯이 불길이 일었다. 원래 거기에는 술이 남아 있었고, 강력한 내가진화(內家眞火)로 인해 불이 붙자 방원 이삼 장이 한순간에 모조리 불길에 휩싸여 버렸다.

그것은 너무도 빨랐다.

절정옥소 누한천의 일격이 호리병을 깨는 순간에 이미 불길은 누한천을 뒤덮었을 정도였던 것이다.

"이런!"

깜짝 놀란 절정옥소 누한천은 호신강기를 일으키면서 오히려 앞으로 맹렬히 진기를 쳐냈다.

이럴 때 당황하여 피하거나 한다면 적에게 치명적인 빈틈을 허용함을 알고 있는 백전노장이 그였다.

하지만 정작 공격은 옆구리로 날아들었다.

팡!

맹렬한 경풍이 일었다.

광승의 허를 노린 일격은 절정옥소를 격중시켰고 뒤이어 쳐낸 절정옥소의 일격 또한 광승을 때렸다.

하지만 광승은 땅바닥을 뒹굴어서 그 타격은 별게 아니었다.

게다가 바닥을 뒹굴어 일어난 광승은 이미 준비라도 하고 있었던 듯이 한 주먹을 쥐었다 펴더니 앞으로 밀어냈다.

답답한 기운이 담장처럼 절정옥소를 덮어왔다.

"백보신권(百步神拳)?!"

놀람의 신음이 절정옥소 누한천에게서 흘러나왔다.

거의 숨돌릴 겨를이 없는 공세였고 모두가 의표를 찔러 백전노장이라는 절정옥소 누한천마저도 당황하지 않을 수가 없었다.

하지만 그는 과연 대단하여 거세게 한입, 진기를 들이마시는 사이에 연달아 절정옥소를 휘둘러 백보신권을 쳐냈다.

쾅!

콰콰쾅……

잇달아 폭음이 마치 화약 터지듯 천지를 진동했다.

'정말 대단하구나!'

땅바닥에 쓰러진 채로 꼼짝도 못하는 일명은 그 광경을 보고는 놀라 눈이 휘둥그레졌다. 절정옥소 누한천은 그 찰나간의 순간에 이미 일명의 혈도를 짚어두고서 광승과 싸우고 있었던 것이다.

"흥! 소림사의 중이란 말인가?"

폭음 속에서 싸늘한 절정옥소 누한천의 냉소가 들렸다.

그러나 이미 광승의 음성은 들리지 않았다.

누한천의 살기 어린 음성이 뒤를 이을 뿐이었다.

"감히 내 앞에서 도주하기를 바란단 말인가?"

……

갑자기 믿기지 않는 정적이 찾아들었다.

광승이 도주하고, 그 뒤를 절정옥소 누한천이 따른 것인지 눈보라를 휘몰며 일어났던 경기의 소용돌이가 잦아들자 두 사람의 모습은 어디에서도 찾아볼 수가 없었다.

차가운 누한천의 웃음소리가 저 멀리서 들려올 뿐.

일명은 안간힘을 쓰면서 일어나려고 했지만 절정옥소 누한천의 점혈로 인해 손가락 하나 까딱할 수가 없었다.

'이런 젠장! 이렇게 눈밭에다가 사람을 버려두고 가면 얼어 죽으란 말이냐? 누구 동태로 만들 일 있나? 도망가지 말라면 되지, 이렇게 해놓고 가면 어쩌라구……'

서서히 한기가 스며들기 시작하자 일명은 턱이 떨려왔다.

일단 한기를 느끼자 한기는 금방 심해져서 얼어 죽을 것만 같았다.

다급해지자 일명은 머리를 굴렸다.

이것저것 마구 생각을 해도 어떻게 헤어날 방법이 없었다.

그렇게 되자 조급한 마음에 화만 났다.

잔뜩 화가 치민 상태에서 떠오른 것은 참마팔법!

하지만 참마팔법은 동공(動功)이다. 이렇게 묶여 있어서는 아무런 도움도 될 수가 없었다.

한기는 자꾸 심해져 전신이 덜덜 떨렸다.

'제석참마…… 제석참마…… 나한파천마!'

급한 상황에 처하자 계속해서 생각나는 것은 제석참마공뿐이었다.

그런데 그렇게 다급해지자 등줄기가 뻣뻣해지면서 뜨거운 어떤 기운이 이는 것 같았다. 목덜미를 거쳐 핏대를 세울 것 같은 그것은 다급한 분노의 힘이었다.

'시팔! 절정이고 착정(鑿情)이고 사부는 개뿔이 사부냐!'

집어 던진 서슬에 굴러가다가 비스듬히 누운 모습의 일명은, 일어난 분노의 힘으로 제석참마공을 떠올렸다.

제석참마공은 악(惡)에 대한 분노에서 비롯한다.

나를 태워 세상을 지키고자 하는, 그렇기에 무서운 위력을 지녔다.

연민(憐憫)에 이어 긍휼(矜恤), 그리고는 분노(憤怒)까지!

나를 희생해서라도, 내가 지옥에 들어갈지라도 세상을 구해야만 하리라는 강한 서원(誓願)을 세움으로써 비로소 입문(入門)을 할 수가 있는 것이고 이것은 반드시 스스로가 깨쳐야만 하는 일이었다.

그렇지 않으면 제석참마공은 전진이 되질 않았다.

그런데 세상을 불쌍히 여기고, 나를 불태워서라도 악을 멸하리라는 서원의 깨달음을 얻기도 전에 원래 일명이 가졌던 천살지기의 힘이 다른 사람에 대한 분노로써 일어난 것이다.

그리고 그 힘은 노도와 같이 지난 삼 개월간 일명이 죽어라 발광을 해도 잠들어 있기만 하던 그 제석참마공의 힘을 일깨웠다.

너무도 어이없는 일이었다.

난 살아야 하는데, 죽을 수 없다!

라는 그 생각 하나만으로 벌어진…….

나한파천마는, 깨달음을 얻은 자 나한(羅漢)이 제석(帝釋)의 힘을 빌어 천마를 깨뜨림을 의미한다.

법력(法力)이 원하는 바에 따라 무한히 쏟아져 가로막는 것을 파괴함이 나한파천마의 발현(發現)이니, 그 일격은 일견 소림사의 절기 백보신권과 흡사한 주먹질이다.

그러나 압도적인 살기가 동반되니, 위력은 같을 수가 없었다.

일명의 눈동자가 치민 화로 경직되고 머리꼭대기까지 치민 분노의 불길은 이내 눈을 휘감고 이를 악물게 했다.

이어 양쪽 어깨 거골(巨骨)이 저절로 풀리면서 두 가닥의 힘이 수양명대장경과 수궐음심포경을 타고 팔을 통해 앞으로 주욱― 흘러나갔다.

푸학!

앞에 있던 눈 더미가 일명의 손에서 뻗어 나간 힘줄기에 눈보라를 일으키면서 흩어졌다.

순간, 상체의 굳어짐이 풀리고 일명이 한 호흡을 크게 하면서 양손을 움직이자 겨드랑이로 밀려든 힘이 이내 십이정경(十二正經)으로 힘차게 퍼져 나갔다.

퍽퍽!

일명의 몸 주위에 있던 눈들이 바람이라도 분 듯이 옆으로 흩어졌다.

그때 한 사람이 일명의 앞에 나타났다.

회색 경장에 복면을 한 자였다.

그는 주검들을 보고 날카로운 눈으로 주위를 돌아보았다.

일명을 발견한 그는 괴이한 빛으로 일명에게 다가왔다.

눈보라가 풀풀 일어나고 있으니 그걸 아무렇지도 않게 보았다면 더 이상한 일일 터이다.

"이건……."

그런데 그가 막 일명을 보고는 대뜸 일장을 쳐내려 할 때였다.

난데없이 암경(暗勁) 한줄기가 그의 등을 노리고 날아드는 것이 아닌가!

"뭐야!"

그는 다급히 옆으로 몸을 날리면서 반격했다.

그러나 뒤에는 아무것도 없었다.

순간,

"무슨 일이냐?"

차가운 음성과 함께 또 한 사람이 나타났다.

회색의 옷을 입어 눈밭에 잘 드러나지 않는 자, 그도 같은 소속임을 말하듯이 복면을 하고 있지만 방금 나타난 자의 상관인 듯했다.

"누군가가 속하를 공격해서……."

"공격? 내가 도착할 때는 아무도 없었는데 무슨 소리를 하는 거냐?"

"그게……!"

복면인은 놀라 눈이 커졌다.

그의 뒤에 있어야 할 일명의 모습이 감쪽같이 사라져 버리고 없었던 것이다.

"어, 어떻게 된 거지?"

"무슨 소릴 하는 거냐!"

새로 나타난 복면인의 안색이 차가워졌다.

"그게, 속하의 뒤에 동자승 하나가 누워 있었는데 살아 있는 듯해서 죽이려고 했는데…… 방금까지 있었는데……."

말투가 횡설수설할 수밖에 없었다.

그런데 그때였다.

"다시 말해 봐라."

차가운 음성이 날아들었다.

절정옥소 누한천이었다.

그를 보자 복면인들이 황급히 무릎을 꿇었다.

"천좌를 뵙습니다!"

"나를 놀렸다는 건가?"

처음 나타난 복면인의 말을 듣자, 절정옥소 누한천은 노해 발을 굴렀다.

'으으……!'

복면인들은 그에게서 무섭게 뻗어 나오는 살인적인 기세에 감히 숨도 쉴 수가 없게 되었다.

"너희들은 왜 여기에 있느냐?"

누한천이 복면인들을 쏘아보았다.

"총사의 명을 받고 몰려든 자들을 암중 감시하다가 이곳에 이상한 자들이 출몰하는 것 같아서…… 악!"

답하던 복면인이 외마디 비명과 함께 홀홀 일 장 밖으로 나가떨어져 눈 속에 처박혔다.

"그가 나를 이용해 무엇을 하든 상관하지 않는다. 하지만 나를 건드리는 것은 용서할 수가 없다. 분명히 전해라."

말이 끝날 때 절정옥소 누한천의 모습은 이미 그 자리에서 사라지고 보이지 않았다.

"저, 정말 무섭군……."

처음의 복면인이 질린 표정으로 신음을 흘렸다.

그의 상좌는 결코 간단한 사람이 아니었다. 그런데도 반항은커녕, 어떻게 당하는지도 모르고 휴지 조각처럼 처박히고 만 것이다. 수준의 차이가 너무 심했다.

"당주님!"

그가 쓰러진 자를 부축하자,

"되었다. 빨리 여길 뜨자!"

그가 피를 토하면서 허둥거렸다.

"지금 움직여도 되겠습니까?"

"천좌께서 사정을 봐주지 않았다면 난 이미 이 세상 사람이 아닐 것이다. 크으으…… 소문보다 더 무섭군! 어서 가자…… 늦으면 우리 둘은 내일 해를 보지 못할 것이다!"

공포에 질린 두 사람은 허둥지둥 그 자리를 떴다.

점점 붉은 핏물만이 그들의 뒤를 따랐다.

*　　　*　　　*

펑펑…….

어둠 저 멀리에서 폭죽 하나가 피어올랐다.

깊고 맑은 눈 하나가 그 폭죽을 바라보고 있었다.

세상에 묵향거라 알려진 검은 마차에 타고 있는 그는 사람들이 귀곡신유라고 부르는 백존회의 군사.

"그가 떠났다고?"

귀곡신유는 미간을 찡그렸다.

"갑자기 떠나 버렸습니다. 확인해 본 결과, 아직 태실봉을 떠난 것 같지는 않습니다만……"

묵향거의 앞에 고개를 숙인 자가 보고했다.

"그는 오연하여 누구와도 타협하지 않지. 만약 그렇지 않았다면, 대국(大局)에 커다란 변수가 되었을 사람이지만…… 난감하군. 그가 하루는 더 있어주었어야 했는데……."

절정옥소 누한천은 누구의 말도 듣지 않았다.

유일한 예외가 있다면 천존뿐.

하지만 그가 없는 지금은 누구도 그를 부릴 수 없었다.

"기껏해야 일 년에 한 번, 그가 여기 오는 것을 이용할 수가 있었을 뿐인데…… 하긴 그가 자신을 건드리지 않는 범위에서 자신을 이용하도록 버려둔 것만으로도 많이 양보한 것이긴 하군."

공작선의 끝으로 이마를 툭툭 치던 그는 문득 차갑게 말했다.

"모여든 자들은 얼마나 되느냐?"

"백여 명은 되는 듯하고 내일까지라면 삼백 정도는 될 것 같습니다."

"내일까지 기다릴 수가 없게 되었다. 싸움을 붙여 혼란을 이끌어내고 천자지계(天刺之計)를 발동한다."

"옛!"

명을 받든 자가 사라졌다.

이제 피바람이 불기 시작할 터이다.

하지만 그 피바람이 현실이 되기 전에는 누구도 그것이 무엇인지는 알지 말아야 했다.

'혜인 대종사…… 그의 생사만 확실히 알 수 있다면 이렇게 일을 복잡하게 진행하지 않았을 텐데…….'

그는 하늘을 올려다 바라보았다.

천기를 읽고 또 읽었다.

앞을 막을 것은 없는 것 같았다.

그런데 저 희미한 형상은 대체 무엇일까?

혜인 대종사의 천성(天星)은 이미 천기상에 나타나지 말아야 했는데, 어떻게 아직 흔적이 남아 있는 것일까? 설마 하니 아직도 소림사에 살아 있다는 말인가…….

의문만이 어둠 속에서 감돌았다.

第七章
녹포노조를 놀리다

첫째 마당

길게 울려 퍼지는 종소리와 함께 저녁 공양이 끝난 소림사는 깊은 잠에 빠져든다.

누구도 감히 이 거인의 잠을 아침까지는 깨우지 못했다.

땡땡땡!

그런데 어느 순간인가, 갑자기 급촉하게 울려 퍼지기 시작한 종소리는 잠든 소림사를 깨우기에 족했다.

데엥, 데엥…….

여운을 끌며 길게 울려 퍼지는 것이 아닌, 소름이 돋을 듯 급박하게 울려대는 종소리에 소림사는 잠에서 깨어나 길게 기지개를 켰다.

하지만 그럼에도 허둥대는 모습은 보이지 않았다.

대웅전 앞에만 일제히 불이 밝혀졌을 뿐이다.

뛰어나온 승려들의 모습조차 없었다.

바람조차 숨을 죽여 오히려 더욱 조용해진 것만 같았다.

들리는 것이라고는 아직도 귓전을 때리고 있는 날카로운 경종(警鐘) 소리뿐……

"뭐라고?"

심혜 상인은 길게 늘어진 백미를 찌푸렸다.

땡땡땡—

방장실까지 소리는 급박하게 울리고 있었다.

"장경각까지 적도(賊徒)가 침입하다니, 야간 당직승들은 무엇을 했길래 그런 일이 일어났단 말이냐?"

급하게 달려온 시자(侍者)의 보고에 심혜 상인의 얼굴이 굳어졌다.

"당직승들은 전과 다름없이 장경각 아래층에서 번을 서고 있었고, 그 외 당직순찰승들도 태만하지 않고 경비를 하고 있었다고 합니다."

"그런데도 적도가 장경각 상층부까지 침입을 했더란 말인고?"

"……"

보고한 시자는 말이 없다.

무슨 말을 할 것인가!

장경각에 침입자라니……

"피해는?"

"조사 중입니다. 하지만 적도를 잡았으니 곧 밝혀질 것입니다."

"아미타불…… 침입자를 잡았다는 말인가?"

"대웅전 앞에서 포위가 되었다고 합니다."

"누군지는 모르고?"

"복면을 하여 알 수 없는데 모두 세 명이라고 합니다."

"세 명이나?"

"예, 하나가 침입하고 둘이 그를 기다리고 있다가 담장 앞에서 길이 막혀 반항하고 있는 중입니다."

"으음…… 그런데 너는 무슨 일이냐?"

잠시 생각에 잠겼던 심혜 상인은 석계 아래 기다리고 있는 대주를 보았다.

"적지 않은 숫자의 무림인들이 소실산 일대에 출몰하고 있습니다."

"무림인들이?"

"예!"

순찰당의 대주는 굳은 얼굴로 계속 말했다.

"그리고 며칠 전부터 인가에까지 들려와 가축과 사람을 공포에 떨게 했던 괴음(怪音)의 정체가 밝혀졌는데…… 그것이 절정옥소의 퉁소 소리였다고 합니다."

"절정옥소? 백존회의 그 절정옥소란 말이냐?"

"그렇다고 합니다. 그런데……."

대주는 어두운 낯이 되어 한숨을 쉬었다.

"그곳으로 갔던 달마원의 대승이 아무래도 변을 당한 듯싶습니다."

"무슨 소리냐? 설마 대승이 절정옥소와 부딪치기라도 했단 말이냐?"

"그게…… 그쪽으로 조사를 간 대승에게서 소식이 없어서 순찰당의 당주이신 대평 사형께서 직접 고수들을 이끌고 달려갔다가 보내온 소식입니다. 그런 와중에 장경각 침입 사건이 터져서……."

그 말이 채 끝나기 전에 심혜 상인이 섬계 아래에 시립하고 있는 시자를 향해 급히 말했다.

"이런, 대조는 속히 나한당의 심경 사제를 불러 급히 그쪽으로 가보도록 전갈해라!"

반장의 예를 하고 바람처럼 대조 화상이 사라지자 심혜 상인이 다시 대주를 향해 물었다.

"무림인들이 나타난 이유가 무엇인지 아느냐?"

"모르겠습니다. 무엇인가 찾는 듯하다고 하는데 지객당의 심상 사숙께서 조사차 나가셨습니다."

"이건 도대체······."

심혜 상인은 잔뜩 미간을 찌푸렸다.

간단히 생각할 일이 아니었다.

혜인 대종사가 실종된 이래, 소림사는 평온한 나날을 보내고 있었다.

그렇지 않아도 태산북두로 알려진 소림사이니 누구도 와서 먼저 시비를 걸지 않았고, 소림사 또한 굳이 외부의 일에 간섭하지 않았다. 어떻게 보면 무림문파보다는 수도하는 선종의 본산이라는 말이 더 맞을 정도로 조용히 지내고 있었던 것이다.

그런데 하나둘도 아니고 동시다발로 이게 무슨 일이란 말인가?

뭘 찾는다고?

대체 소림사에 와서, 아니, 소실산에서 찾을 것이 무엇이기에?

"아미타불······."

심혜 상인은 깊게 미간을 접었다.

과연 여기에서 어떤 의미를 찾아내야 할 것인가.

*　　　*　　　*

땡땡땡…….

소림사에서 일기 시작한 급촉한 경종 소리는 어둠을 뚫고서 사방으로 메아리치고 있었다.

"패악(悖惡)을 부리고 있나 보군……."

쿨럭거리면서 광승이 중얼거렸다.

그의 시선이 향하는 곳은 소림사.

어둠을 뚫고서 바람처럼 달려온 그는 연신 길게 숨을 들이쉬다가 문득, 자신의 허리춤에 매달린 것을 보았다.

귀찮게도 잠시도 쉬지 않고 버둥거린다.

"음? 너 아직도 거기 있었더냐?"

그는 귀찮은 듯 중얼거리며 일명을 눈밭에다 내던졌다.

"아흑!"

일명은 서너 바퀴나 구르다가 노해 벌떡 일어났다.

"왜 던져욧!"

"크크크, 더 크게 소릴 질러라? 그 노괴가 쫓아오면 나는 물론이고, 너도 살아남지 못할 게다."

광승이 봉두난발 사이로 드러난 눈으로 일명을 보며 웃음을 흘렸다.

일명은 대뜸 입을 닫았다.

제자로 삼는다고 했으니 자신을 죽이지는 않을 것 같았다.

하지만 사람의 목숨을 파리 잡듯 하는 걸 본 이상, 켕기지 않을 수가 없었다.

뒷골목에서는 사람을 볼 줄 모르면 살아남기 어렵다.

어릴 때부터 그렇게 살아온 일명인지라 대충은 사람을 보는 편인데, 절정옥소 누한천은 결코 쉬운 사람이 아니었다. 희로애락이 무상(無常)하여 자신의 기분에 맞지 않으면 제자 할아비라도 단매에 쳐죽일 자로 보였던 것이다.

'거기 비하면 중들이 훨 다루기가 좋지!'

일명은 그렇게 마음을 굳힌 상태였다.

칠십이종절예!

배울 것도 오죽 많이 남았나?

게다가 절정옥소 누한천의 가장 무섭다는 옥소십이절까지 훔쳐봤다. 시간나는 대로 따라 해보면 속알갱이야 다 빼먹은 셈이었다. 그러니 굳이 뭐 하러 가서 뼈빠지게 고생할 일이 있을까.

'그러고 보니 퉁소 부는 건 못 배웠네 그랴…….'

일명은 갑자기 갈등이 생기기 시작했다.

소리만 가지고도 사람들을 죽이고 살리고 할 수가 있다면, 굳이 피곤하게 이놈 저놈하고 칼 대고 손 휘둘러 가면서 싸울 일이 없지 않은가.

그거만 잠시 배워서 돌아오면 안 될까?

말도 안 되는 생각을 하던 일명은 옆에서 쿨럭거리는 소리에 문득 정신을 차렸다.

광승이 쿨럭거리면서 피를 토해내고 있었다.

검붉은 선혈이었다.

"내상이 심한 모양인데 어디서 그렇게 얻어맞았어요? 빨랑 조식하지 않고 뭘 해요?"

"여기서 말이냐?"

"그럼 다른 데 어디 갈 데라도 있어요?"

"큭!"

문득 광승이 웃음을 터뜨렸다.

"맞다. 천지간의 모든 게 다 빌린 것인데, 어디를 정해놓고 갈 것이랴? 죽고 삶이 그저 한 수유(須臾)에 불과한 것을……."

"내놔요!"

"……?"

"내놓으라구요! 내 팔찌!"

"아…… 주지."

광승은 그제서야 생각났다는 듯이 조금도 망설임없이 품에서 그 팔찌를 꺼내 일명에게 건네주었다.

말을 하긴 했지만, 그가 이렇게 선선히 팔찌를 내줄 줄은 몰랐던 일명은 얼떨떨한 빛으로 광승을 바라보았다.

"하지만 조심해라. 다른 사람이 그걸 보면 넌 그 순간 죽게 될지도 몰라. 그걸 지킬 힘이 있을 때까지는 누구에게도 그걸 보여줘서는 안된다. 만약 그전에 누가 그걸 본다면 네 목은 언제 달아날지 몰라."

"정말 광승 맞아요?"

"광승(狂僧)?"

"미친 중이라고 애들이 그러던데……."

일명이 조금 우물쭈물하면서 눈치를 보았다.

"광승이라…… 크크크큭!"

그가 쿨럭거리면서 웃어댔다.

"맞아! 세상이 미쳐 중이 중답지 아니한데, 어찌 미치지 않았을 것이냐? 크악!"

갑자기 그가 고함을 지르면 일명을 쳤다.

"악!"

일명은 외마디 비명과 함께 눈 속으로 날아가 처박혔다.

"아이구! 시팔, 갑자기 왜 패는 거……?!"

황급히 버둥거려서 겨우 눈 속에서 빠져나온 일명은 깜짝 놀라 눈을 크게 떴다.

오 척 단구의 작은 키.

믿기 힘들게 뚱뚱한 그 체구에 걸친 것은 녹포(綠袍), 복어가 바람을 삼킨 듯한 그 모습은 얼핏 보면 커다란 육구(肉球)처럼 보였다. 어릿광대와 같이 우스꽝스러운 모습을 가진 자가 광승과 싸우고 있었다.

그가 누군지를 일명은 알고 있다.

"녹포노조……."

일명은 신음을 흘렸다.

이미 그자에게 한 번 기절하도록 혼난 적이 있는 일명이었다.

'저 괴물은 여기 어쩐 일이래? 감히 소림사를 우습게 보나, 여기까지 지랄하고 나타났네?'

일명은 팍 인상을 썼다.

녹포노조야 일명을 알아보기 어려울 터였다.

더벅머리 꼬마가 박박 깎은 까까중이 되었으니 알기도 어렵고 이미 상당한 시간이 지났으니······.

하지만 일명은 그 모습을 기억하고 있었다.

언젠가는 반드시 한 번 혼내주어야지, 하고.

그러나 지금은 아닌 것 같았다.

"비키지 못할까!"

맹렬히 광승을 공격하던 녹포노조가 나직이 으르렁거렸다.

"내상을 입은 주제에 무리하면 네놈은 내상이 도져서 죽게 될 것이다! 비킨다면 지금 널 죽이지는 않겠다!"

그 눈은 일명의 손에 들린 팔찌를 쏘아보고 있었다.

그 눈길을 느낀 일명은 깜짝 놀라 팔찌를 품속에다 감추었다.

녹포노조가 그것을 보더니 소리쳤다.

"꼬마 중놈아! 그 팔찌를 이리 낸다면 본조께서 널 제자로 삼아 천하제일고수가 되도록 해주마!"

말을 하면서도 공세는 조금도 늦추지 않아 녹광이 번쩍거리는 손톱을 길게 뽑아내어 광승을 미친 듯이 공격하고 있었다.

일명이 보기에도 광승은 제대로 힘을 쓰지 못하는 것 같았다. 절정옥소 누한천과 싸울 때하고는 비교가 되지 않았다.

"어서, 어서 여길 떠나거라!"

광승이 낡은 소맷자락을 펄럭여 녹혈신조를 막아내면서 외쳤다.

"알았어요! 얼른 가서 소림사의 고수들을 모조리 불러오죠!"

일명이 뛰기 시작하자 녹포노조는 다급해졌다.

"게 서지 못할까!"

공이 튀듯 녹포노조의 신형이 튀어 올랐다.

"껄껄껄! 이 부처님이 귀졸들을 어찌 그냥 두리?"

광승의 웃음소리.

그가 주먹을 휘두르자 막강한 잠력이 뿜어졌다.

"백보신권……."

녹포노조는 이를 갈면서 옆으로 몸을 튀겼다.

정면으로 마주칠 수도 있지만 그렇게 하면 그사이에 일명이 도망갈 틈을 줄 수가 있기 때문이다.

그의 목적은 이 미친 중과의 싸움이 아니었다.

하나 그의 생각보다 광승의 무공은 훨씬 강했다.

"이, 이런 미친놈이……."

광승이 목숨을 내놓고 달려들자 그도 일시지간 그를 어찌할 수가 없었다.

그때.

"야, 이 배불린 복어 같은 늙은 놈아! 네놈이 천하제일고수면 어떻게 미친 중 하나 처리를 못하냐? 개좆같은 놈이 엇다 사기를 치려고…… 너 담부터 조심해! 한 번만 더 눈에 띄면 그 배때기를 밟아 터뜨려 버릴 거야! 알아? 이 개잡놈 같은 늙은 놈아!"

상상할 수도 없는 말이 들려왔다.

일명이었다.

일명이 도망가다 말고 싸우는 걸 보면서 욕을 하고 있었다.

"배, 배불린 복어 같은 놈? 개, 잡놈……?!"

평생 가장 싫어하는 말이 바로 난쟁이와 복어였다.

녹포노조는 머리 뚜껑이 튕겨져 나갈 정도로 노했다.

얼마나 노했던지 다짜고짜로 뛰쳐가려다가 하마터면 광승의 일격에 머리를 얻어맞을 뻔했다.

"빠드득! 내 이 육시랄 놈을 잡아 회를 쳐 먹지 않으면 사람이 아니다……."

그가 부러져라 이를 갈았다.

둘째 마당

　녹포노조가 화를 참지 못하고 펄펄 뛰는 걸 보자 일명은 신이 났다.

　"그런데 이 배불린 복어 같은 늙은 놈아! 하나만 물어보자! 넌 대체 왜 이 부처님을 미친개처럼 쫓아오려는 거냐? 아! 물론 이 부처님이 워낙 훌륭하게 생겨 복어 같은 네놈이 한 방에 뻑, 가버린 걸 이해하지 못할 바도 아니다만, 넌 불알 달린 놈이잖아! 이 부처님은 냄새나는 사내 녀석들은 별로란 말이다! 복어 네놈이 백 번 양보해서 여자라고 해봤자, 할망구밖에 더 되겠냐? 아이구, 구려……."

　점입가경(漸入佳境)!

　처음부터 끝까지 줄줄줄 내뱉는 욕설에다 절레절레 손짓 발짓까지 해대면서 약을 올리자, 녹포노조는 정말 귓구멍에서 연기가 날 만큼 노했다.

눈 한 번만 부라려도 십 리 인근에서 사람의 소리가 사라진다는 불가일세의 마두.

그런 그가 언제 모욕을 당해보았으랴.

게다가 말만 하면 복어라니!

"크와아악—!"

대노한 그가 고함치면서 미친 듯이 광승에게로 덮쳐 갔다.

저 죽일 놈을 요리하려면 가로막는 이놈부터 처리해야 한다는 걸 잘 알고 있기 때문이다.

게다가 누가 오기라도 하면 큰일!

누가 오기 전에 저놈을 처리해야 했다.

녹포노조가 거의 발광하는 수준으로 공세를 발동하자 쌓였던 눈이 휘말려 올라 일대를 휘감을 정도가 되었다.

말 그대로 마른하늘에 눈보라가 친다고나 할까?

그걸 보자 일명은 은근히 뒤가 켕기기 시작했다.

일명이 보기에도 녹포노조의 공세에 광승이 밀리고 있었던 것이다.

"야! 사기꾼, 이 부처님은 가신다! 뒈지지 않으면 담에 보자구……!"

일명은 크게 소리를 지르고는 냅다 달리기 시작했다.

녹혈신조를 뽑아내서 무섭게 공세를 취하고 있던 녹포노조는 일명이 뛰는 것을 보자 마음이 다급해졌다.

눈에서 음침한 기운이 줄줄이 쏟아졌다.

"이 찢어 죽일 중노옴……!"

신음과 함께 녹혈신조를 잇달아 그어냈다.

원래 그의 무공은 높고도 음악(陰惡)했다. 그는 지난날 심경 대사와의 일전에서도 전력을 다하지 않았었다. 강호상의 일이라는 것이 언제 어떻게 될지 모르기 때문이다.

그러나 지금은 본신의 능력을 숨길 때가 아니었다.

저 팔찌가 정말 그것이라면, 정말 그렇다면 목숨을 내놓고서라도 얻어야만 했다.

그럴 만한 가치가, 아니, 넘칠 만한 가치가 그 팔찌에는 있었다.

손이 녹색으로 변하더니 찍찍― 소리와 함께 느닷없이 녹혈신조에서 녹색의 핏줄기가 송곳처럼 뿜어져 나갔다.

녹혈삼천(綠血森天)이라 이름하는 악독한 무공.

설사 심경 대사가 나타난다고 해도 받아내기 어려우리라!

그렇게 장담한 무공이었다.

그런데 광승이 손을 치켜들자 그 손에서는 부드러우면서 웅장한 힘 한줄기가 일더니 녹혈신조의 공세를 막아내는 것이 아닌가!

파파파파―팡……!

맹렬한 부딪침 소리와 함께 녹포노조는 마지막 공격을 가하지 못하고 뒤로 물러나고 말았다.

그 눈에는 놀람의 빛이 역력했다.

"달마반선수? 어, 어떻게 소림의 장로급이 되어야 배울 수 있는 무공을 네놈이? 네놈은 누구냐?"

"아미타불! 참마의 도(刀)로도 인연을 끊을 수 없으니, 번뇌만이 무한할 뿐이로구나……!"

광승은 그 말에 대답 대신 괴로운 듯 머리를 세차게 저어댔다.

그런데 그가 갑자기 무서운 눈빛을 뿜어냈다.

"크아악!"

고함과 함께 그는 느닷없이 일권을 내질렀다.

별것 아닌 듯했지만 그 일권은 내미는가 싶은 순간에 녹포노조의 눈앞에 있었다.

쾅!

"크윽! 이게……."

녹포노조는 강한 충격에 놀라 눈을 부릅떴다.

충격에 팔이 저리고 가슴을 철퇴로 얻어맞은 듯 눈앞이 깜깜하여 어쩔 수 없이 물러나야 했으니 놀라지 않을 수가 없는 일이었다.

그런데 저 중놈은 돌연, 미친 듯이 달려 사라져 버리는 것이 아닌가? 왜 인지는 모르지만 지금 그를 쫓아갈 이유는 전혀 없었다. 평소라면 그냥 둘 까닭이 없었지만 지금은 그럴 때가 아니었다.

녹포노조는 앓던 이가 빠진 기분으로 사나운 기세로 일명이 사라진 곳으로 몸을 날렸다.

당장 놈을 찢어 죽이지 못하는 게 한(恨)이었다.

'으헉?'

죽어라 달리다 폭음에 힐끗 뒤를 돌아본 일명은 심장이 목구멍으로 튀어나오게 놀랐다.

멋지게 싸우고 있는가 싶더니, 느닷없이 광승이 줄행랑을 놓는 게 아닌가.

'저, 저 의리없는 중놈 같으니, 달리 미친 중이 아니구만!'

일명은 녹포노조가 하늘로 날아오르는 걸 보고 얼굴이 하얗게 탈색

되어 버렸다.

죽을힘을 다해 달려도 눈 내린 산속이라 겨우 십여 장을 달렸을 뿐이다.

그런데 저런 고수가 날아오면 한 방이 아닌가!

"똥물에 튀겨 죽일 미친놈 같으니, 의리없이!"

일명은 뒤를 돌아보고 욕을 했다.

물론 광승에게 한 욕이다.

하지만 그 와중에도 자신에게 욕을 하는 걸로 들은 녹포노조는 얼굴이 아예 혈홍색으로 화해 하늘에서부터 녹혈신조를 뿜어내어 일명에게로 내리 꽂혔다.

말 그대로 녹색 그물이 날아드는 것만 같아서 어디로도 피할 곳이 없었다.

말 그대로 위기일발, 백척간두!

순간.

"에이, 시팔! 이판사판, 합이 개판이다!"

다급하게 주위를 둘러본 일명이 훌쩍 몸을 날리는 것이 아닌가.

쾅!

방금 일명이 있던 자리를 녹포노조의 일격이 쳤다.

눈보라가 날아오름은 물론이고 흙더미까지 튀어 올라 그 일격이 얼마나 무서웠는지를 말해 주었다.

"이런?"

얼떨떨한 빛으로 녹포노조가 눈을 끔벅거렸다.

어육이 되었어야 할 일명이 어디론가 사라지고 없었던 것이다.

황급히 주위를 살펴본 그는 어떻게 된 영문인지 알게 되었다.

일명이 몸을 날린 곳은 비스듬한 낭떠러지였고 일명은 한바탕 눈보라를 휘몰면서 저 아래로 미끄러져 내려가고 있는 중이었다.

"흥!"

녹포노조는 가소롭다는 듯이 코웃음 쳤다.

그럴 수밖에 없는 것이 그들과 같은 고수에게 있어 천 길 낭떠러지도 아닌, 저런 산비탈쯤이야 한 번의 도약으로도 따라가고 남음이 있었던 것이다.

휘이이―이익!

그의 신형이 무서운 기세로 아래로 내리 꽂혔다.

그리곤 신나게 미끄러지고 있는 일명을 잡아챘다.

제법 비탈이 가팔라서 속도가 빨라 예상보다야 시간이 더 걸렸다. 하지만 그래 봐야 물 서너 모금 마실 시간밖에 걸리지 않았다.

그런데……

"이게 뭐야?"

그는 일그러진 얼굴로 손에 들린 것을 내팽개쳤다.

너덜거리는 승복.

분명히 일명의 승복이었다.

그런데 승복으로 싼 큼직한 돌 하나가 있을 뿐, 일명은 보이지가 않았던 것이다.

귀신이 곡을 할 노릇이다.

분명히 아래로 굴러 내렸는데 그새 어디로 갔단 말인가?

쿠쿠쿠…….

일명의 옷을 벗어 던진 바윗돌은 다시금 눈보라를 휘몰고서 아래로 힘차게 구르기 시작했다.

녹포노조는 무서운 속도로 달려 다시 비탈 위로 올라왔다.

없었다.

어디로 갔단 말인가?

"갈 곳이 없는데…… 이 육시를 할 놈이……."

녹포노조의 눈에서 연신 흉광이 번뜩였다.

흔적을 살펴보아도 분명히 아래로 굴러간 것이 맞았다.

그런데 대체 언제, 어디로 사라졌다는 건가.

그는 신형을 뽑아 올려서 일명이 굴러 내려간 흔적을 따라 내려가기 시작했다.

눈빛을 번쩍이면서.

'아이고, 시팔! 미치겠다.'

일명은 낭떠러지 틈에 잔뜩 웅크린 채로 숨을 죽이고 있었다.

다급한 김에 아래로 굴렀다.

그러다가 나뭇등걸에 옆구리를 부딪치고는 아파 절로 입이 딱 벌어졌다. 그때 문득 든 생각이 이대로는 안 된다! 였다.

아무리 새대가리라도 따라오지 않을 리가 없다.

지금에 와서 팔찌를 내준다고 해서 살려줄 리도 없다.

해서 몸을 뒹구는 순간에 눈앞에서 건들거리는 작은 바위에다 승복을 걸쳐 그대로 발로 밀어버리고는 낭떠러지의 틈으로 기어들어 갔다. 나뭇등걸에 심하게 부딪친 순간에 뿌리가 흔들리면서 짐승이 파놓은 것 같은 굴이 보였기 때문이다. 다행인 것은 굴러 내리면서 주위에 쌓였던 눈들이 같이 무너져서 흔적을 메워준 것.

하나 이 정도로 과연 그 복어의 눈깔을 피할 수가 있을까?

그럴 리가 없었다.

픽!

눈 더미가 흩어지면서 번들거리는 눈깔이 드러났다.

어둠 속에서도 마치 늑대의 눈처럼 빛을 내고 있었다.

"크크크…… 거기, 크악!"

음산히 웃던 녹포노조의 입에서 비명이 터져 나왔다.

쾅!

이어 그가 무섭게 노호하면서 앞을 쳤고 폭음이 터져 나왔다.

"크와아—아악!"

그의 입에서 고통에 찬 비명과 노성이 한꺼번에 터져 나왔고 그는 미친 듯 앞에 있는 작은 굴을 향해 거세무비한 공력을 연달아 쏟아냈다.

쾅! 콰쾅…….

쿠쿠쿠우…….

그 힘을 이기지 못하고 산비탈이 무너져 내리기 시작했다.

"크아아악!"

녹포노조는 한쪽 손으로 눈을 움켜쥔 채로 신음하였다.

핏물이 줄줄 흘러내리고 있었다.

살펴 내려오다가 흔적을 발견했다.

이 죽일 놈, 발기발기 찢어서…… 회심의 미소를 짓고 안을 들여다보았다.

　퇴로가 막힌 쥐였다.

　해서 놈을 가지고 놀다가 토막을 쳐죽일 셈이었다.

　그런데 얼굴을 들이밀자마자 일명이 기다리기라도 했다는 듯이 전혀 망설이지도 않고 손가락으로 녹포노조의 눈을 찔러 버렸던 것이다.

　어느 누구라도 설마 그런 일이 일어나리라고 생각할 수는 없었다.

　게다가 얼마나 빨랐던지, 설사 미리 알고 준비를 했더라도 피할 수가 없을 정도였다.

　남다른 감각을 지닌 일명인지라 그가 다가옴을 직감하고는 아예 준비를 하고 숨을 죽인 채 기다렸지만, 당한 녹포노조로서는 하늘이 무너질 만큼 대노할 밖에.

　손가락이 눈을 뚫어버렸으니 고통과 분노는 형용 불가능!

　일명은 입을 딱 벌렸다.

　강한 충격이 등을 쳤다.

　그나마 고통으로 반사적으로 쳐낸 일격이라 정확도가 모자랐기에 망정이지, 그렇지 않았다면 즉사를 하고 말았으리라. 눈을 쑤시자마자 그걸로도 모자라 손가락을 한 번 돌려주고 난 다음, 급히 토굴 벽으로 몸을 붙인 것도 다행이었다.

　그래 봐야 너무 좁았다.

　피할 곳이 없으니 충격은 어찌할 수가 없었다.

　떡메에 맞은 듯 픽 뒤집어지면서 땅바닥에다 얼굴을 갈았다. 절로 비명이 터져 나왔다.

그러나 그렇게 엎어져 있을 시간이 아니란 걸 안다.

지금 죽고 싶지도 않았다.

시팔!

부지간에 욕이 튀어나왔다.

그럼에도 일명은 네 발로 굴을 기었다.

펑!

방금 엎어졌던 곳에 장력이 작렬하고 굴이 무너져 내리기 시작했다.

그대로 파묻혀 죽을 판이었다.

하나 지금은 밖으로 도로 기어 나갈 수도 없었다.

나가면 어육이 될 거고 여기서는 그나마 신체야 온전히 하고 죽을 수 있을 게 아닌가.

'시팔, 복어 눈깔 하나랑 내 목숨이라면 너무 손해나잖아……'

연방 투덜거리면서도 일명은 계속 전진했다.

오소리나 혹은 다른 짐승이 파둔 굴인 듯한데 일명의 체구로서도 지나가기가 어려울 정도로 좁았다.

그러나 그런 걸 가릴 상태가 아니었다.

입에서는 핏물이 비릿하게 계속 솟구쳐 오르고 숨 쉬기가 힘들었다.

이미 뒤쪽은 막혀 버린 것 같았다.

이대로 가다가는 숨을 쉬지 못해서 죽을는지도 몰랐다.

쉬지 않고 거의 필사적으로 기었다.

이런 비탈에 집을 짓는 놈들은 그냥 굴을 하나만 만들지 않는다. 교토삼굴이라는 말처럼 또 다른 통로를 만들어두는 것이다.

그렇기만을 바라고 이렇듯 미친 듯 앞으로 기어가는 중이었다.

그렇게 얼마를 갔을까?

펑!

갑자기 격한 충격이 이마를 쳤다.

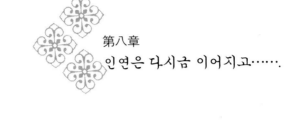

第八章
인연은 다시금 이어지고…….

첫째 마당

바위였다.

만져 보니 딱딱하고 차갑다.

절망이 엄습했다.

"시팔이네, 진짜! 어떻게 여기에 바위가 있어?"

바위를 뚫고 갈 능력이 있으면 여기 있을 까닭이 없다.

게다가 되돌아 나갈 방법조차 없는 판이었다. 좁은 굴을 억지로 쑤시고 들어왔으니 몸이 끼어서 뒤로 돌아 나갈 수도 없고, 설사 그럴 수 있다고 하더라도 그 복어배때기 같은 놈이 그냥 버려둘 리도 없을 것이었다.

이미 숨이 가빠지기 시작했다.

뒤는 막혔고 빨리 벗어나지 않으면 곧 숨을 쉬지 못해서 죽게 될 것이다.

가슴이 찢어지는 것 같고 답답했다.

재빨리 몸을 굴렸음에도 피하질 못했었다.

하긴 그렇게 막강한 장세(掌勢)였는데, 그 좁은 굴속에서 어디로 피할 것인가? 그저 죽을힘을 다해서 옆으로 피하는 바람에 정통으로 맞는 걸 겨우 면했을 따름이었다. 만약 그대로 맞았다면 이미 숨을 쉬지 못하고 있겠지……

그럼에도 숨이 가쁘고 자꾸 찝찔한 핏물이 올라왔다.

아무리 더듬어도 틈이 보이지를 않았다.

'제, 젠장! 이렇게 죽는단 말이야?'

말도 안 되는 소리였다.

다른 사람이라면 몰라도 운비룡이는 이렇게 죽어서 아니 될 사람이었다. 그렇게 발악을 해봐도 숨이 가빠오고 의식이 흐려짐은 어찌할 수가 없었다.

이래서는 안 되는데, 이럴 수는 없는데……

아무리 발버둥을 쳐봐도 앞에 있는 바위는 꿈쩍도 하지 않았다.

시팔! 망할 놈의 짐승은 파려면 계속 파지, 바위가 있다고 파다가 마는 건 또 무슨 경우냐? 게다가 바위가 있는 쪽으로 굴을 파는 골 빈 짐승은 보다 첨 본다……

일명은 의식이 흐려지는 가운데에서도 계속해서 투덜거렸다.

그렇게 발악을 함에도 불구하고 의식은 자꾸 멀어지기만 했다.

시팔…… 정말 죽나 벼……

일명은 그렇게 눈을 감았다.

그런데 어느 순간인가, 일명은 문득 정신이 번쩍 들었다.

숨을 쉴 수가 있었다.

답답하긴 해도 숨을 쉴 수가 있었다.

'뭐지?'

어둠 속에서 일명은 코를 벌렁거렸다.

아래쪽으로 코를 가져가자 공기가 흐르는 것을 느낄 수가 있었다.

황급히 손으로 더듬어보자 바위와 흙 사이에 틈이 있었던지 손이 쑥, 들어갔다.

"이야호~! 그럼 그렇지, 길인천상(吉人天祥)이라! 하늘이 이 운비룡이를 버릴 리가 있겠냐? 컥!"

일명은 신이 나서 훌쩍 뛰다가—뛸 공간이나 있나? 그저 머리를 벌떡 치켜든 것뿐이지만—머리를 토굴 위에다 세차게 박고는 골이 깨지는 것 같아 입을 딱 벌렸다.

그렇게 호들갑을 떠니 어찌할 것인가!

두두둑…….

요란한 소리와 함께 흙더미가 쏟아져 내려 일명을 덮쳤다.

공포가 밀려왔다.

미친 듯이 손을 바위틈으로 밀어 넣어 긁어냈다.

두더지가 와서 보고는 감탄할 동작이었다.

"푸하!"

일명은 왈칵, 밀려드는 공기에 헐떡거리면서 연신 숨을 들이켰다.

퀴퀴한 공기.

하지만 지금 이처럼 신선한 공기는 세상에 다시없을 것 같았다.

어딘지 알 수 없는 곳.

일명의 머리가 어둠 속으로 불쑥 나왔다.

한동안 헐떡거리면서 주위를 둘러보아도 어두워서 어딘지 알 수가 없었다.

그러나 숨을 쉴 수 있다는 것만으로 충분했다.

한참을 헐떡거리던 일명은 온몸을 벌레처럼 꿈틀거려서 그곳으로 기어 나왔다.

앞을 가로막았던 바위 밑으로는 무엇인가가 뚫은 흔적이 있었다. 두더지가 팠을까? 아니면 오소리? 길이 있으니 좁기는 했지만 살기 위해서 파지 못할 것도 없었다. 만약 바위였다면 정말 불가능했겠지만 다행히 그 자리는 모두가 연한 흙이었다.

"여긴 어디야?"

일명은 주위를 둘러보았지만 아무것도 보이지 않았다.

너무 어두웠다.

"부싯돌도 없는데……."

난감한 표정으로 중얼거리던 일명은 가슴이 못 견디게 아림을 깨닫고는 얼굴이 어두워졌다.

말로만 듣던 내상(內傷)일지도! 그리고 그 늙은이의 푸른 손톱은 보기만 해도 소름이 끼쳤다. 만약 그걸로 인해서 상처를 입은 거라면 여기서 이대로 죽을는지도 몰랐다.

"어디든지 나가야 할 텐데?"

일명은 다급히 주위를 두리번거렸다.

그리곤 눈이 커졌다.

빛이었다.

어디선가 희미한 빛이 보이고 있었다.

먼 곳도 아니고 바로 앞이었다.

눈을 쏘는 빛도 아니고 그렇다고 밝은 빛도 아니었다.

그저 상화롭게 밝고 맑은 빛.

반쯤 기다시피 그곳을 향해 기었다.

일어나니 배가 당기고 구토가 엄습해 와 토할 것 같았기 때문이다.

"구슬?"

일명은 눈을 깜박거리며 중얼거렸다.

정말 구슬이었다.

어둠 속, 공중에 빛을 뿌리는 구슬이 떠 있었다.

자세히 보니 공중에 뜬 게 아니라 어떤 낮은 석대(石臺) 같은 곳에 올려진 것이었다. 그런데 그 빛이 기이하기 이를 데가 없었다.

푸르지도 누렇지도 붉지도 않고 오색이 한데 어울렸다.

주변이 아스라이 밝은데 보기만 해도 마음이 편해졌다.

"이게 뭐지? 전설에서 말하던 그 무슨 어둠 속에서 빛을 냈다던 야명주(夜明珠)일까?"

일명은 메추리 알만한, 그 기묘하게 생긴 구슬을 집으려고 손을 댔다.

순간!

화─아─앗!

갑자기 사방이 대낮이라도 된 듯이 환해졌다.

"앗!"

일명은 깜짝 놀라 손을 움츠리며 눈을 가렸다.

쏘는 강한 빛이 아님에도 그간 너무 어두운 곳에 있었기에 놀라 반사적으로 눈을 가린 것이다.

―이제 왔느냐?

난데없이 들리는 소리.

"엇?"

일명은 놀라 눈을 끔벅거렸다.

이제 오다니?

앞을 가렸던 손을 치우자 시야가 드러났다.

석실이었다.

아니, 석실이라기보다는 동혈(洞穴)이라고 해야 맞을 터였다.

천연의 동굴, 전체가 돌로 이루어진 이 동굴은 높이가 겨우 일 장가량, 너비도 이 장 정도에 불과했다.

그 끝에는 석좌(石座) 하나가 놓여 있고 거기에는 인자한 모습의 노승 한 사람이 앉아 일명을 보면서 웃고 있었다.

그의 앞에는 낮은 석대 하나가 있는데, 그 석대 위에 있는 구슬에서 밝은 빛이 환하게 달무리처럼 일어 방금까지 어두웠던 이곳을 환하게 밝히고 있었다. 신비롭기 이를 데 없는 광경이었다.

살쩍까지 길게 난 흰 눈썹은 눈을 가릴 듯하고, 배까지 드리운 흰 수

염은 또한 한 폭의 신선도와 같다. 결(結)을 짚은 손은 손가락으로 하늘을 가리키고 땅을 이르고 있으나, 일명으로서는 그것이 무슨 의미인지 알 수가 없다.

까마득히 낡은 저 승포의 의미도.

설마 하니 저 낡은 승포가 일명이 태어날 때 본 것임을 어찌 짐작이라도 할 수가 있을 것인가.

"저, 저에게 하신 말씀이신가요?"

부지중에 떨리는 음성이 흘러나온다.

—깨달음이 미치지 못하니, 애석하구나······.

다시 노승에게서 기이한 여운이 어린 음성이 흘러나왔다.

"뭐, 뭔 깨달음이요?"

—우리의 인연은 여기까지이니, 지난 세월 너를 기다린 것도 이것으로 끝이로다. 대겁(大劫)을 치러야 탈을 벗게 될 것이며, 너의 본색(本色) 또한 그때서야 비로소 빛을 낼 수 있으리라······.

이건 또 무슨 구름 잡는 소리라냐?

"지금 무슨 말씀 하신 거예요? 저에게 한 말씀인가요?"

일명은 자신의 코를 가리켰다.

—소림의 무공은 천하를 덮고도 남음이 있으나, 법(法)이 사람을 앞서

니 필연코 뜨거움[火]으로 더러움[汚]을 씻어내게 되리라. 인(因)과 연(緣)이 소림에서 시작하나니, 그 과(果) 또한 소림에서 끝이 나리라. 너에게는 어둠으로 밝은 것을 지킬 사명이 주어지니, 그 또한 숙세(宿世)의 운명…….

노승에게서 들리는 음성은 여전히 기이하다.
제멋대로인 일명마저도 감히 켕기는 마음이 들어 고개만 갸웃거리고 자꾸 엉거붙지를 못할 정도로 위의(威儀)가 높고도 장엄하다.
'내 말은 말 같지가 않나?'
일명의 투덜거림은 속으로 삭아들 뿐이다.

─내가 지옥에 들어가지 않으면 누가 지옥에 들어가리? 너는 언제나 이 말을 잊지 말고 있을지어다. 이제 너에게 광명보리심(光明菩提心)을 남기나니, 이것이 너를 지켜주리로다.

노승의 말이 끝나자 갑자기 그의 몸에서 금광이 일기 시작했다.
찬란하고도 눈이 부시지 않아, 상화롭다고밖에는 말하기 어려운 금광(金光)!
그것은 노승의 몸에서 빛무리처럼 일었고 형체가 있는 듯 점점 넓어져서 일명까지 덮었다.
너무도 장엄하고 압도적인 광경이라 천하의 개구쟁이 일명조차도 그저 입만 딱 벌리고 굳어져 있을 따름이었다.
절로 무릎을 꿇었다.

그때였다.

노승의 앞에 있던 석대.

거기에 놓여 있던 구슬이 절로 공중으로 떠오르더니 일명에게로 다가왔다.

눈앞으로 구슬이 다가왔다.

그리고는 놀랍게도 그 구슬이 일명의 이마에 닿는가 싶더니, 그대로 스며들어 가버리는 것이 아닌가.

"헛!"

깜짝 놀란 일명이 황급히 이마를 만졌지만 구슬은 흔적조차 없었다.

"맙소사! 이게 어떻게 된 거람? 구슬이 내 이마로 들어가다니?"

갑자기 일명은 입을 닫았다.

쏴아아, 한 느낌이 이마에서 마치 폭포수가 쏟아져 내리듯이 얼굴과 목을 거치면서 전신으로 흘러내림이 느껴졌기 때문이다.

—이 자리에서 있었던 일은 너 혼자에게만 알려지는 것이니, 이 또한 잊지 말지어다…….

노승의 음성이 서서히 잦아들었지만 일명은 그것을 알지 못했다.

노승의 앞에 무릎을 꿇은 채로 굳어져 있었기 때문이다.

노승의 자애한 눈은 일명의 눈을 보고 있었고 일명은 그 눈빛이 시키는 대로 조용히 눈을 감았다.

기이한 느낌.

한 번도 느껴본 적이 없었던 그런 느낌이 전신을 감돌았다.

아주 더운 여름에 시원한 물을 뒤집어썼을 때의 느낌이랄까?

형용하기 어려운 그런 느낌이었다.

녹포노조에게 얻어맞은 뒤, 그처럼 구역질나고 쓰라리던 가슴의 통증도 그 기운이 스쳐 지나자 단번에 모두 사라졌다.

사방을 가득 채운 것은 기이한 전단향(栴檀香).

일명은 짐작조차 하지 못했다.

그 광명보리심이라는 구슬이야말로 노승이 평생을 통해 일군 그의 진신사리(眞身舍利)라는 것을……

일명은 무릎을 꿇은 채로 천천히 손발을 움직이기 시작했다.

스스로도 느끼지 못했지만 느낌이 시키는 대로 움직이는 그 모습이야말로 바로 제석참마공의 연공법.

하나둘…….

연공의 흐름이 일명에게서 흘러갔다.

뚝뚝!

일명의 몸에서 기이한 음향이 여기저기에서 들렸다.

뼈마디가 움직이고 피부의 움직임이 달라졌다. 색깔도 달라졌지만 누가 보아도 알 수 있는, 모든 사람들이 원하는 그런 환골탈태(換骨奪胎)의 모습까지는 아닌 것처럼 보였다.

시간이 얼마나 지난 걸까?

일명의 이마에서 붉은 빛이 주사(硃砂)처럼 밝고 붉게 빛나는가 싶더니, 이어 오색의 상화로운 빛이 빛을 뿌렸다.

그리고는 일명은 천천히 몸의 움직임을 멈추었다.

두 팔을 크게 휘둘러 좌우로 벌렸다가 앞으로 합장하며 고개를 숙였다.

강한 힘 한줄기가 그 동작으로 일어나며 앞으로 쏘아갔다.

콰쾅!

일성 폭음이 진동하면서 돌 가루가 비산했다.

그러나 그 돌 가루들은 그대로 튕겨났을 뿐, 감히 안으로 접근하지 못했다.

그것을 끝으로 일명은 정신을 놓고 깊은 잠에 빠져들었다.

―이제 인연이 다했구나…… 나머지는 하늘의 뜻.

노승의 눈이 감겼다.

그의 몸에서 빛나던 빛이 천천히 어둠 속에서 떠오르더니 하늘로 사라져 갔다.

대신 시간이 지남에 따라 밖에서 빛줄기가 새어 들어오기 시작했다.

햇빛이었다.

그리고 웅성거리는 사람들의 소리!

둘째 마당

소림사의 가장 끝 부분에 자리한 것은 천불전(千佛殿)이다.

가장 크기도 하거니와 이곳은 후일 소림권의 원형이라 불리는 '오백 나한조비로(五百羅漢朝毘盧)' 의 거대한 벽화가 자리하고 있기도 한 곳 이었다. 그 천불전을 지나 산을 오르면 마침내 동굴 하나를 보게 된다.

이름하여 달마동(達摩洞).

바로 석년에 달마 조사가 면벽구년이라는 신화를 이룩한 곳.

소림의 제자라면 누구라도 경건한 마음으로 아침저녁 고개를 숙이 는 곳.

그곳이 바로 달마동이다.

그런데…….

"대체 이게 무슨 일이란 말인가?"

심혜 상인조차 신음을 흘렸다.

눈앞에 펼쳐진 광경은 너무도 놀라웠다.

그의 옆으로는 심경 대사를 비롯하여 계지원의 주지 심료 대사와 심자 배 고승들 서너 명이 같이 서 있었다.

그리고 나머지 제자들은 감히 안으로 들어오지도 못하고 달마동의 바깥에서 주위를 경계하는 중이었다.

면벽구년이란 세월을 증명하듯 불과 깊이 이 장의 이 달마동의 가장 깊은 곳에는 사람이 앉아 있던 형상으로 움푹 패인 곳이 있었다.

바로 달마 대사가 앉아 있었다는 곳이다.

여기에 얽힌 전설이야 어찌 하나둘이겠는가.

동굴의 서쪽으로 한쪽이 함몰한 곳이 있다.

전하기를 이곳은 원래 화룡동(火龍洞)이라 하여 화룡이 살다가 달마가 입동하자 그 무너진 곳으로 사라져 숨었다. 라고 하는 것들이 바로 그런 것들이다.

그렇게 전설과 신비가 숨 쉬는 달마동.

소림의 제자라면 감히 허락없이는 범접조차 할 수 없는 이곳에서 경천동지할 일이 벌어진 것이다.

화룡이 숨었다는, 그곳이 산산조각으로 터졌다.

그리고는 나타난 또 하나의 동굴.

거기에 고요히 앉아 있는 사람은 정말 놀랍게도 지난 십여 년 이래 소식이 끊어졌던 혜인 대종사였다.

게다가 그 앞에 자는 듯 쓰러져 있는 반 벌거숭이는, 밤사이에 사라졌던 일명이 아닌가.

"혜인 사백께서는?"

"원적(圓寂)하셨습니다. 잠시 법체(法體)를 살펴보니, 이미 오래전에 열반에 드셨던 것 같습니다."

"오래전에?"

"그렇습니다."

"으음⋯⋯."

심혜 상인은 잠자듯 평온한, 금방이라도 살아날 듯한 혜인 대종사를 보면서 신음을 삼켰다.

왜 소림사로 돌아왔으면서도 아무 말도 남기지 않았던 것일까?

왜 여기에서 아무도 모르게 열반에 들었단 말인가?

"잠이 들었군요⋯⋯."

잠시 일명을 살펴본 심경 대사가 어이없다는 듯이 말했다.

"잠이 들었다고? 여기서?"

심혜 상인마저도 참지 못하고 되물었다.

"그런 듯합니다. 기혈이 창통(暢通)하니 잘못된 곳은 없고 깊은 잠에 빠져서 깨워도 쉽게 깨지 않을 듯합니다."

"이 아이가 어떻게 여기에 있을꼬?"

계지원의 심료 대사가 이해할 수 없다는 듯이 고개를 저었다.

누구도 알 수 없었다.

찾아낸 것은 혜인 대종사가 열반에 든 안쪽 벽 바닥을 뚫고 나온 흔적뿐.

"강력한 기공(氣功)의 흔적이로군······."

심혜 상인이 그곳을 살펴보고는 다시 달마동과 통하게 무너진 바깥쪽 석벽을 자세히 살펴본 다음, 중얼거렸다.

"그렇습니다."

"······."

심혜 상인은 말없이 열반에 든 혜인 대종사와 그 아래에 곤하게 잠에 곯아떨어진 일명을 바라보았다.

대체 어떻게 해서 누구도 알지 못하는 이곳을 이 아이가 발견한 것이란 말인가?

석벽을 무너뜨린 저 공력은 누구의 것일까?

이해할 수가 없었다.

이미 오래전에 열반에 든 혜인 대종사가 그랬을 리는 없다.

그렇다고 해서 만에 하나라도 일명이 그랬을 리도 없을 것이니, 이것이야말로 귀신이 곡할 노릇이었다.

"나무아미타불······."

심혜 상인의 긴 불호에 모두가 같이 불호를 외웠다.

혜인 대종사가 왜 그곳에서 홀로 원적에 든 것인지 알 수 없으니, 모두의 마음은 무겁기만 하였다.

어제 소림사에 일어난 일은 실로 간단하지 않기 때문이다.

*   *   *

원래 방장실은 좁다.

하지만 소림사의 방장실은 좁지 않았다.

소림사가 사치해서가 아니라, 이따금 황제가 와서 묵고 가는 사원이기에 그럴 수밖에 없었다. 황제가 오면 다른 곳이 아니라 바로 이 방장실에서 묵고 갔기 때문에 소림사의 방장실은 처음부터 크게 증축될 수밖에 없게 되었다.

그 방장실.

심혜 상인은 굳은 얼굴로 자리에 앉아 있었다.

그의 옆으로 앉은 것은 나한당주인 심경 대사와 계지원주인 심료 대사 등의 장로들. 그리고는 앞에 선 대자 배열의 일대제자들이었다.

그들 모두의 얼굴은 굳어 있었다.

…….

침묵만이 방장실을 짓누른다.

답답하기 그지없는 공기가 모두의 마음을 무겁게 했다.

"모두 자진(自盡)을 했더란 말인가……."

심혜 상인이 신음하듯 중얼거렸다.

어젯밤 장경각에 침입하려고 했던 자들은 결국 한 사람도 소림사를 벗어나지 못했다.

그럴 수밖에 없는 것이, 나한진(羅漢陣)이 펼쳐졌으니 그리고도 적이 소림사를 빠져나가게 한다면 소림사의 수치라 할 것이었다. 그런데 막상 적을 제압하게 되자 그들 셋은 하나도 남김없이 그 자리에서 자진하여 버렸던 것이다.

누군지 알 수가 없었다.

어떤 경로로든 활동을 했다면 추측이 가능한데, 더듬어볼 만한 아무것도 그들은 지니고 있지 않았다.

"아미타불…… 절정옥소 누한천과 부딪쳤던 대승을 비롯한 달마원의 제자들은 모두 원적하고 말았습니다. 저와 나한당의 제자들이 바로 달려갔지만 이미 그의 종적을 찾을 수가 없었습니다. 그런데……."

"그런데?"

심경 대사의 말끝을 심혜 상인이 되잡아 물었다.

"거기에 일명이 있었던 것 같습니다."

"일명이?"

모두의 눈에 놀람이 떠올랐다.

어떻게 된 놈이 사사건건 끼지 않는 곳이 없단 말인가?

게다가 거기 있던 녀석이 어떻게 해서 달마동에 가 있더란 말인가?

"알아본 결과, 그 자리에…… 심수(心修) 사제가 있었고 마지막까지 일명과 같이 있었던 것으로 보입니다."

"심수가?"

심혜 상인의 눈에 놀람이 드러났다.

늘 평정하던 그의 얼굴마저 미미하게 굳어졌다.

"시, 심수라니? 지난 십여 년간 소식이 없지 않았소?"

계지원주인 심료 대사가 놀란 빛으로 다그쳤다.

"그게 아이들의 말로는 가끔 모습을 보였다가 다가가면 사라져 버리고 해서 종적을 찾을 수가 없었을 뿐, 실제로는 자주 모습을 보였던 모양입니다. 하도 해괴한 짓을 많이 하고 행색이 파계승이라 광승(狂僧)이라 불렀다고 합니다."

"허어, 이런 일이…… 아미타불…… 있을 수 없는 일이로고!"

"어찌할 셈인가?"

심혜 상인이 물었다.

"심수 사제는 소림의 제자로서, 용납하지 못할 행동을 했습니다. 응당 계지원의 규조에 따라……."

"잡을 수는 있고?"

"그거야……."

"심수의 무공은 우리 중에서 가장 뛰어났었지. 특히 경공은 소림제일이라 누구도 그를 따라갈 수가 없었네. 지금도 마찬가지이겠지. 누가 그를 잡을 수가 있겠나? 후우…… 그만 해두기로 하세. 나무관세음보살……."

심혜 상인이 어두운 얼굴로 머리를 저었다.

"하오나……."

뭐라고 하려던 심료 대사는 심경 대사가 암암리에 고개를 젓는 것을 보고 입을 다물었다.

영명하고 부드럽다.

하지만 일단 결정한 일은 결코 되돌리지 않는 사람이 심혜 상인이다. 그것을 알기에 더 이상 말해 봤자 소용이 없음을 아는 것이다.

그러나 심수라니…….

"어떻게 된 것인지는 그 아이가 깨어나 봐야 알겠군……."

이어지는 심혜 상인의 말은 화제를 돌리기 위한 것이었고 그것을 모를 사람은 여기에 아무도 없었다.

소림의 차기 방장이라고까지 일컬어지던 일대 재목이 한순간, 파계승이 되어 계지원에 쫓기게 된 것은 소림사의 치부(恥部)와 같아 외부에는 전혀 알려지지 않았다.

그저 병이 나서 요양 중이라고만 알려졌을 뿐.

"그 외 다른 일은?"

잠시 생각에 잠겨 있던 심혜 상인이 다시 입을 열었다.

"다른 일이라고 하시면?"

"아무래도 이상해서…… 절정옥소 누한천과 같은 마두가 본 사의 제자들을 두려워할 리가 없는데, 그냥 사라진 것이나 숭산에 기보(奇寶)가 출현한다는 소문이 돌면서 무림 중의 고수들이 갑자기 나타난 것…… 거기에 더해 장경각에 나타난 침입자."

심혜 상인은 백미를 깊게 찌푸렸다.

"그로 인해서 우리 소림사는 비상이 걸렸고, 나한당의 전 제자와 달마원의 모든 고수들, 순찰당의 사람들이 밤새 한잠도 자지 못하고서 동분서주했어야 했지……."

그의 말이 가진 의미를 깨달은 심경 대사의 안색이 돌변했다.

"성동격서(聲東擊西)라는 겁니까?"

"어쩌면……."

심혜 상인의 안색이 더 어두워졌다.

"아무리 생각을 해도 이해가 되지 않는 것은…… 그렇게 우리들의 이목을 돌린 다음에 누가 무엇을 얻을 수 있는가 하는 것이지."

"설마 그런……."

그때였다.

"장문인께 아룁니다. 개방의 장로이신 적각신개(赤脚神丐) 풍 시주께서 장문인을 뵙고자 합니다."

밖에서 급한 음성이 들려왔다.

"개방의 총순찰 풍 시주가?"

심경 대사의 안색이 다시 달라졌다.

개방의 총순찰이라는 지위는 매우 높다.

또한 가장 빠르다는 개방의 소식통을 총괄하는 자리이기도 했다. 그런 만큼 적각신개 풍천명(馮天鳴)이 나타난 곳에는 늘 풍운이 인다고까지 알려져 있었다.

각종 사건을 쫓아서 그가 모습을 드러내기 때문이다.

"안으로 모시거라."

"예, 그리고 일명이 깨어났다고 합니다."

다시 들리는 소리.

"음, 일명에게는 심경 사제가 가보도록 하게."

"알겠습니다. 그렇게 하지요."

심경 대사가 일어났다.

"심료 사제는 약왕전에 들러 어젯밤 부상을 입은 제자들을 살펴보고 달마원과 같이 움직여 다른 일이 없는지 알아보도록 하게."

"그렇게 하겠습니다."

"하하, 이거 청정한 곳에 냄새나는 거지가 불쑥 찾아와서 정말 죄만(罪萬)합니다."

봉두난발의 머리를 벅벅 긁어대면서 껑충한 모습의 거지 하나가 방장실에 모습을 드러냈다.

이 겨울에도 누더기 옷, 바지는 다 떨어져 너덜거린다. 당연히 무릎 아래가 적각(赤脚)이라는 명호에 맞게 드러났고 신은 것도 거지답게 다 떨어진 짚신 한 짝. 등에 멘 거적이나 술호로, 손에 쥔 죽장 등은 말 그대로 상거지의 표본과도 같다.

하지만 오십대 후반의 그는 누구도 무시하기 어려운 사람이었다.

"아미타불, 풍 시주의 풍채는 십 년 전이나 지금이나 꼭 같구려."

심혜 상인이 미소를 지으며 그를 맞았다.

"하하핫…… 그렇습니까? 오늘 급하게 오느라고 세수도 못하고 왔는데, 다행입니다, 다행!"

"누구? 설마 백존회의 그 귀곡신유란 말씀이오?"

심혜 상인이 놀라 되물었다.

"그렇습니다."

적각신개 풍천명이 고개를 끄덕였다.

"이상한 움직임이 있어서 그간 계속해서 백존회를 쫓고 있었습니다. 은밀히 진행했음에도 적지 않은 본 방의 수하 고수들이 희생되었는데, 년전에 그가 개봉에 나타난 이래 처음으로 정주(鄭州)에 잠시 나타난 것이 포착되었다고 합니다. 어제…… 소림사에 침입이 있었다고 들었는데 그게 맞다면 갑자기 퍼진 소문이나 숭산 일대에 출몰했던 신비인들까지, 모든 게 그의 작품일 가능성이 높아 찾아뵈었습니다."

"……"

심혜 상인은 침묵했다.

사안이 너무 심각하였다.

다른 사람도 아닌 경천일기 귀곡신유가 어제의 일을 획책했다면 필유곡절(必有曲折)이다.

공연히 이런 일을 벌일 사람이 아니었기 때문이다.

대체 무슨 까닭으로?

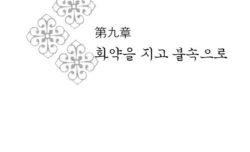

第九章

화약을 지고 불속으로

첫째 마당

햇살은 따스하고 바람은 시원했다.

일명은 멀뚱한 얼굴로 주위를 두리번거리고 있었다.

언제 이리 옮겨온 것일까?

일명이 눈을 뜬 곳은 약왕전이었다.

일어나 보니 전신이 날아갈 듯 가벼웠다. 이렇게 기분 좋은 느낌은 처음이었다. 뭐라고 형용키도 어려운 느낌, 힘이 불끈불끈 솟는 것만 같았다.

"뭔 일이지?"

일명은 눈을 끔벅거렸다.

꿈결처럼 지난 일이 뇌리를 스쳐 갔다.

죽을 뻔한 그 악몽에서 난데없이 만난 노승······.

"누구일까?"

―이제 왔느냐?

묻던 그 음성이 생생하게 귓전을 울렸다.

이제 왔느냐?

라는 말은 기다리고 있었다는 말이다. 그리고 자신이 누군지를 알고 있었다는 말이기도 했다.

대체 그 노승이 누구길래?

자신을 바라보던 그 눈빛.

그 말들…… 모든 것이 방금 들었던 것처럼 생생하고 또한 아득한 옛일처럼 느껴졌다.

일명은 문득 이마를 쓰다듬어 보았다.

아무런 느낌도 없었다.

"이게 대체 뭔 일이래?"

작은 것도 아니고 그 큰 구슬이 자신의 이마로 들어갔었다. 그런데 아무런 흔적조차 없다니…….

"사형!"

"왜?"

일명의 옆을 지키고 있던 약왕전의 일약(一藥)이 일명을 보았다.

"혹시, 내 이마가, 여기 말예요! 좀 이상하지 않아요? 뺄겋다거나, 아니면 튀어나왔다거나…….”

자주 들락거려서 친해진 일약이 고개를 내밀고 일명의 이마를 살폈다. 이어 딱 소리와 함께 일명의 이마를 쳤다.

"멀쩡하다."

"아얏! 왜 때리고 그래요?"

"때리긴? 그냥 이상이 없나 만져 본 것뿐이야."

이십대 후반으로 들어서는 일약은 장난스러운 면이 있어서 일명이랑 평소에 죽이 잘 맞았었다.

"젠장! 애들 머리 때리면 대가리가 나빠진단 말이에요!"

"대가린 몰라도 머리는 상관없어. 네 머린 원래 좋은 머리잖냐?"

일약이 웃다가 흠칫, 자세를 바로 했다.

심경 대사가 약왕전주인 심주 대사와 대우 등 몇 사람과 함께 들어서고 있었다.

"사부님!"

일명이 몸을 일으키자 대우가 손을 들어 보였다.

"되었다. 그대로 있거라. 괜찮으냐?"

대우의 물음에 일명이 씩, 웃었다.

"그럼요!"

"그러니까 뭐냐? 녹포노조에게 쫓겨 들어간 토굴을 통해서 그리 들어간 거란 말이냐?"

"예. 하마터면 맞아 뒈질 뻔했어요. 그 늙은이가 얼마나 미친개처럼 사납던지……."

일명의 말투에 심경 대사는 쓴웃음을 머금었다.

일 년이 지났는데도 여전히 저 말투는 고쳐지질 않았다.

"거기 들어간 다음의 일을 자세히 이야기해 보거라."

심경 대사의 물음에 일명은 간단히 말했다.

"자세히 말하고 말 것도 없어요. 그 노사부께서 절 보고는 이제 왔느냐? 잘 왔다……. 하지만 깨달음이 미치지 못하니, 우리 인연은 여기까지로다. 지난 세월 너를 기다린 것도 이것으로 끝이다, 라고……."

일명이 짐짓 그 목소리를 흉내 내어 보였다.

그 말에 심경 대사들의 안색은 돌변했다.

"널 보고 말씀을 하셨단 말이냐?"

"예! 저보다는 그 노사부께 여쭤보시면……."

일명은 뜻밖의 반응에 어리둥절해 말끝을 흐렸다.

뭔가 이상함이 느껴졌던 것이다.

"왜요? 뭐가 잘못되었나요?"

"엑?"

일명은 눈을 휘둥그렇게 떴다.

"마, 말도! 그런 일이 있을 수가? 아니에요! 그분은 저를 보시면서 말씀하셨었어요. 돌아가신 분이라니…… 더구나, 돌아가신 지 십 년도 넘는다니 그게 말이나 되나요? 죽은 사람이 어떻게 절 보면서 말을 할 수가 있어요?"

일명은 자신이 만난 그 노승이 바로 자신이 태어날 때 만났다던 혜인 대종사임을 듣고는 까무러치게 놀랐다.

죽은 사람이라니?

분명히 자신에게 말을 했었는데 죽은 사람이 어떻게 말을 한단 말인가?

"저, 절 놀리시는 거죠?"

"……"

"……"

일명의 동그란 눈을 보고서 심경 대사와 대우는 서로 마주 본 채로 눈을 끔벅거렸다.

이런 대책없는 경우라니…….

"아무래도 혜인 사백께서 원영(元嬰)을 남겨두셨던 모양이구나……"

심경 대사가 대우에게 말했다.

"그게 정말 가능한 일일까요?"

"다른 사람 아닌 그분이니까 가능하겠지. 열반에 드셨으면서도 비승(飛昇)을 미루고 저 아이를 기다리셨다면 틀림없이 뭔가 깊은 뜻이 있었을 텐데……"

심경 대사가 묵묵히 서 있는 심주 대사를 보았다.

"저 아이의 몸 상태는 어떤가?"

"매우 좋습니다. 전과 비교하자면 벌모세수(伐毛洗髓)를 한 것과 같다고나 할까…… 체내의 더러움이 깨끗이 씻겨 나간 상태가 되어 있더군요. 이해할 수가 없었는데, 그 아이의 말대로 혜인 사백조께서 남기신 원영이 어떤 힘을 주신 거라면 가능할 수도 있었겠습니다."

"정확하게 어떤 상태란 말인가?"

심주 대사의 사형뻘인 심경 대사의 물음에 심주 대사가 신중하게 답했다.

"말 그대로입니다. 무공을 배울 수도 있는……."

그 말을 속으로 되뇌이던 심경 대사의 눈빛이 갑자기 확, 달라졌다.

"그럼? 그럼 저 아이의 금제가 깨어졌다는 것인가?"

"금제를 만든 분이 혜인 사백이셨으니, 푸는 사람도 그분이어야 하지 않겠습니까? 다만…… 소제의 의도가 그분께 미치지 못하니, 금제가 사라진 것인지 아닌지는 단언하기 어렵습니다."

"허어……."

심경 대사는 복잡한 표정이 되어서 눈만 끔벅거렸다.

과연 뭘 어떻게 해야 할지 알 수가 없었다.

"그럼 저 아이는 약왕전에 더 있지 않아도 되겠나?"

"물론입니다. 저 아이의 말대로라면 격노한 녹포노조의 일격을 맞았는데, 시간이 더 지났다면 그 자체로 아마 기혈이 역류하고 혈맥이 막혀서 죽게 되었을 겁니다. 만약 어떤 기연(奇緣)을 만나지 않았다면 지금 저렇게 살아 있을 수가 없었겠지요."

결국 뭔가가 있었다는 이야기다.

그게 뭘까?

일명의 이야기로는 환한 빛이 전신을 감싸는 것 같았고, 그 순간 정신을 잃어버려 그 뒤로 무슨 일이 있었는지는 알지 못한다고 했다.

일명에게 남겼다는 이야기들은 너무도 원론적이라 알 수 있는 것은 아무것도 없었다.

골이 지끈거렸다.

"인연을 잇기 위해서 기다렸는데…… 그런데 깨달음이 미치지 못한 다고 하여 그것으로 끝이 났단 말인가?"

심경 대사는 이해되지 않는다는 듯이 머리를 저었다.

일명의 깨달음이 모자란다는 말은 누구라도 이해할 수가 있었다.

그런데 그렇다고 그냥 가버린다?

어린애가 생각해도 말이 되지 않는 소리였다.

"대체 혜인 사백께서는 무슨 생각을 하고 계신 거란 말인가?"

심경 대사는 깊은 시름에 잠겼다.

혜인 대종사의 법체는 원래의 자리에 그대로 있었다.

다시 보아도 살아 있는 것만 같았다.

일명이 기어 나왔다는 자리는 일명이 거짓말을 하지 않았다는 것을 증명이라도 하듯이 흙 부스러기를 흘려내면서 한쪽 구석에 시커멓게 자리했다.

그것뿐이었다.

혜인 대종사의 그 놀라운 깨달음을 벽면에 한 줄이라도 남겨놓았을 법한데, 그런데 아무것도 없었다.

"나무아미타불…… 관세음보살……."

심경 대사는 길게 불호를 외웠다.

혜인 대종사가 단 한 줄이라도 뭔가 단서를 남겨주었다면 이렇듯 막막하지는 않았을 텐데…….

심경 대사는 원망스러운 빛으로 혜인 대종사의 법체를 보았다.

반개한 눈으로 자리한 혜인 대종사.

그의 모습은 아무리 보아도 죽은 사람인 것 같지가 않았다.

금방이라도 웃으며 말을 건넬 것만 같았다.

*   *   *

소림사는 바쁘게 돌아갔다.

달마원의 고수들이 계속해서 밖으로 쏟아져 나갔고 나한당의 십팔
나한 또한 모두 바깥으로 출동해야 했다.

그래도 겉보기로는 아무것도 달라지지 않았다.

조과(朝課)도 여전했고 일상은 유지되었다.

개방의 거지들이 이따금 들락거리는 것을 제외하고는.

일명은 팔자가 피었다.

일개 불목하니에서 갑자기 약왕전의 손님이 되어서 뒹굴거리면서
밥을 받아먹었다.

아프지도 않은데 이게 우짠 호사냐?

일명이 그걸 싫다고 할 리가 없었다.

이따금 아픈 척, 인상까지 써대면서 침대에 누운 채로 꼼짝도 하지
않았다.

"대체 이게 뭐지?"

일명은 팔뚝을 만지작거렸다.

거기에 있는 것은 그 난리를 피우게 된 검은 팔찌.

"그 늙은 도적이 설마 내게 보물을 준 걸까?"

일명은 팔찌를 꺼내 만지작거리면서 고개를 갸웃거렸다.

지금 보아도 여전히 거무튀튀했다.

정성스럽게 세공한 것도 없고 그저 기이한 줄 하나가 미묘한 흐름으로 그어져 있는 그 모습은 전과 조금도 다름없이 평범하기만 했다.

그런데 이젠 달랐다.

이 팔찌가 보여준 그 가공할 위력을 일명도 이젠 알고 있었기 때문이다.

"이게 뭔지…… 광승은 알겠지?"

일명은 갑자기 참을 수 없게 궁금해졌다.

광승도 알고 그 빌어먹을 늙은이, 녹포노조도 아는 것 같았다. 그렇지 않았다면 그렇게 미친개처럼 달려들 리가 없었을 테니까!

"이게 뭘까?"

내 거라면 죽어도 남 주기 싫은 게 일명이다.

그러니 녹포노조 이야기를 할 때도, 절정옥소 누한천의 이야기를 할 때도, 또 광승의 이야기를 할 때에도 뭔가 얻은 부분이 있는 건 모조리 빼놓았다. 그 와중에 일명이 이 신기할 것 같은 물건에 대해서 말할 리가 없었다.

왜 추격했는지를 캐묻는 질문에도 교활하게 처음부터 머리를 써서 광승과 싸우다가 약을 올리자 추격했다는, 있던 사실을 섞어서 이야기를 했기 때문에 아무도 의심하지 않았다.

그 무식한 욕을 들으면 녹포노조가 아니라 혜인 대종사라도 자리를 털고 일어나 쫓아갈 것이었기 때문이다.

"무쟈게 궁금하네이……."

일명은 뒹굴뒹굴, 팔찌를 만지작거리다가 벌떡 일어났다.

이틀째였다.

뭘 하는 건지 도무지 그날 이후는 이 골방에다 처박아두고 들여다보지도 않았다.

일명으로서야 좀이 쑤실 시간이 한참 넘었던 것이다.

"왜 나와?"

일명이 문을 열고 나오자 일약이 물었다.

"아따, 지겹지도 않나? 뭘 하나하나 캐물어요?"

일명이 투덜댔다.

"넌 환자야. 환자를 보호하는 게 의승(醫僧)의 임무다."

"하하, 환자는 무슨…… 나처럼 멀쩡한 환자 본 적 있어요?"

"넌 환자야. 진단이 그렇게 내렸으니 약왕전을 나갈 때까지는 환자다."

"사내가 속 좁은 소리만 하구 있어요, 참내…… 어쨌든 좀 나가서 놀다 올게요."

"안 된다."

"예? 안 되긴…… 환자는 운동을 해야 한다구요!"

"여기서 해라."

"여기서 뭘 해요?"

"여기 마당은 넓잖니? 네가 운동하기에는 충분하지. 내가 너와 놀아줄까? 아, 네 졸개들이라도 불러다 주리?"

일약이 웃으며 물었다.

"젠장! 여기서 무슨 재미로……."

그때였다.

갑자기 땡땡땡!

급박한 종소리가 석양을 때리면서 터졌다.

둘째 마당

"무슨 일이지?"

종소리가 들려오는 곳을 바라보는 일약의 안색은 굳었다.

소림사의 일과를 알리는 종소리는 저처럼 급박하지 않았다.

저것은 절에 일이 있을 때에만 알리는 경종(警鐘)이다. 빠름과 늦음, 그리고 횟수에 따라 그 경중이 가려진다. 그런데 저 경종이 저처럼 계속해서 울리고 있음은 무엇인가 큰일이 일어났음을 의미하는 것이다.

지난 몇 년간 경종이 저렇듯 울린 적은 없었다.

그런데 요 근래에 잇달아 경종이 울리고 있으니 심상치 않았다.

"너 빨리 들어가!"

"왜요?"

"가라면 가지, 말이 많아!"

일약이 일명의 머리를 쥐어박았다.

"젠장, 만만한 게 환자야?"

"네가 환자냐?"

"아니면 왜 나가지도 못하게 해요?"

"그건 어른들께 물어봐!"

뭐 물어봤자 무슨 볼일이 있을까?

입이 나온 일명은 강제로 떠밀려 다시 방 안에 처박히고 말았다.

하지만 밖에서 저렇게 계속 땡땡거리는데 일명이 어찌 방 안에 처박혀 있기만 할 것인가?

문틈으로 밖을 내다보고 있던 일명은 눈을 빛냈다.

"야, 너 일루 와봐!"

지나가던 사미가 엉거주춤 다가왔다.

"왜…… 요?"

"왜요? 이따식이 사숙께서 부르시는데 왜요라니?"

일명은 짐짓 눈을 부라렸다.

이 약왕전의 사미인 지약(智藥)이란 놈은 일명보다 한 살이 적다. 그러니 진작에 휘둘러 놔서 일명의 말이라면 쩔쩔맬 수밖에 없었다.

"지금 바빠서 그렇다구요……."

"뭐가 바빠?"

"무슨 일인지는 몰라도, 갑자기 부상자들이 떼거지로 들어오고 있어서 약왕전 모든 사람들이 모두 다 동원되었어요."

"부상자? 어떤 자들인데?"

일명의 눈이 빛났다.

"몰라요, 본 파의 제자들도 있고 외부 사람들도 있어요. 이러고 있을 시간이 없…… 예! 갑니다!"

안쪽에서 부르는 소리에 지약은 황급히 안쪽으로 달려갔다.

약왕전은 소림사 후전에 있고 약사여래를 모신 본당과 연단(練丹)이나 기타 병자를 보는 약당(藥堂) 뒤에는 양심당(養心堂)이라 불리는 요사(療舍)들이 몇 채 붙어 있는 형태로 되어 있었다.

일명이 있던 곳은 그 요사 중 하나였다.

"젠장! 궁금해서 미치겠네……."

싸움 구경이 제일 재미있는 걸 잘 아는 일명이다.

신음 소리가 병사 여기저기에서 들리고 들것에 사람을 올려놓고 바람처럼 달리는 약왕전 소속 승려들의 모습에 일명은 안달이 났다.

감히 어떤 간 큰 놈들이 소림사까지 쳐들어온 것일까?

혹시 녹포노조가 날 찾아온 건 아닐까?

흐흐…… 그 배뿔록이 늙은이, 여기 왔다가 뼈도 못 추릴 텐데…….

자문자답하면서 웃기도 했다. 에라이, 누가 왔든 말든…… 체념을 하자 하고 누워보기도 했지만 결국 숨 두어 번 몰아쉴 시간을 참지 못하고 벌떡 일어나고 말았다.

"이런 걸 참으면 운비룡이 아니지……."

일명은 숨을 크게 쉬었다.

밖은 이미 어두워져 있었다.

소림사가 깊은 산중에 있는 건 아니라고 할지라도 겨울이니 금방 어두워지는 건 이상한 일이 아니었다.

휙휙—

일명은 방 안에서 난데없이 체조를 하기 시작했다.

남이 보기에는 무슨 오금희(五禽戲:화타의 건강 도인술)라도 하는 것처럼 보이지만 실제로 그것은 참마팔법이었다.

연이틀을 방 안에만 홀로 갇혀 있었다.

전 같으면 이미 심경 대사 등이 다시 찾아왔을 것인데, 바깥일이 정말 심상치 않은지 이틀이나 그냥 내버려 두고 있었다. 해서 답답해진 일명은 시간날 때마다 제석참마공을 연습했는데, 정말 생각지도 못했던 일이 벌어졌다.

아무런 진전이 없었던 제석참마공이 운기되기 시작했던 것이다.

참마팔법을 따라 할 때마다 제석참마공이 기혈을 따라 쭉쭉 밀려났다. 아직 한 수, 한 수 차례로 펼쳐야 하긴 하지만 그때마다 어떤 기운이 전신으로 퍼지는 것을 느낄 수가 있어 신기하기 짝이 없었다.

콱, 주먹을 쥐면 전신에 경력이 충일하게 뛰놀았다.

벌벌 떨리면서 알지 못할 힘이 주먹을 통해 튀어 나가려는 것 같기도 했다.

"내공이라 이거지?"

일명은 그때마다 기뻐 입이 째졌다.

몸을 단련하고 수련하는 것이 외공(外功)임은 이제 알고 있었다. 그리고 그 단련된 몸을 기반으로 정신을 수련하고 천지간의 기(氣)를 자신에게 받아들여 인간의 한계를 초월하는 힘을 가지는 것이 내공이라는 것도 귀에 못이 박히게 소림사에 와서 들었다.

전신의 혈도로 기혈이 운행되고, 그것을 스스로 통제할 수 있는 것이 하루아침에 이루어지지 않는 것도 잘 알고 있었다.

혈도라는 것이 얼마나 오묘한 것인가도.

그런데 혜인 대종사를 만난 다음부터 운기(運氣)를 할 수가 있었다.

얼마나 기뻤던지 하마터면 주화입마를 할 뻔했다.

혼자 폴짝폴짝 뛰던 일명은 틈만 나면 이처럼 참마팔법을 연습했다. 장래의 위대한 운비룡의 모습을 꿈꾸면서…….

한 번 여덟 초식을 모두 수련하고서 다시금 첫 번째 초식 나한파천마를 수련했다.

거듭할 때마다 힘은 강해졌다.

손바닥이 웅웅 울리는 느낌이었다.

그리고 제이초 운등항마군을 밟아 나가면서 슬쩍, 발을 구르자 놀랍게도 일명의 신형은 한 덩이 구름처럼 훌쩍 위로 숫구쳐 올랐다.

하마터면 천장에 머리를 찧을 뻔한 일명은 깜짝 놀라 진기를 흐트러뜨려 버리고 말았다. 그렇게 되자, 그냥 된통 바닥에 떨어져서 엉덩이가 깨지는 듯 아팠다. 하지만 놀라 눈을 끔벅거리던 일명은 이내 입이 있는 대로 쫙, 째졌다.

'나, 날았다!'

천장은 높지 않았다.

기껏해야 칠팔 척.

그러나 일명이 뛰어오른다고 머리가 닿을 높이는 아니었다.

신이 난 일명은 다시 한 번 운등항마군을 시전해 냈다.

피이잇—

일명은 손을 모았다가 펴면서 땅을 박찼다.

몸이 위로 떠올랐다.

운둔항마군은 놀라운 경공술이었고 또한 방어의 초식이기도 했다. 제대로 시전이 되면 전신에서 경력이 뿜어져 나와 소용돌이가 일면서 시전자를 공중으로 떠올려 준다. 그렇게 만들어진 소용돌이는 일종의 와류(渦流)를 형성하여 필요에 따라 허공을 이동하기도, 날아드는 암기나 공격을 막아낼 수도 있었다.

초식은 있되, 형(形)은 없는 것이 참마팔법이었다.

신나게 공중으로 떠올랐던 일명은 신바람이 났다.

이내 들끓어 오른 기혈을 마음껏 휘돌려서 바닥에 내려서면서 잇달아 제삼초 금강참마군을 시전해서 앞으로 내쳤다. 두 손이 질풍처럼 휘둘러졌고 불끈 힘줄기가 손바닥을 통해 뿜어졌다.

퍽!

놀랍게도 요사의 한쪽 벽이 무슨 모래벽처럼 풀썩— 뚫려 나가면서 사람 하나가 들락거릴 구멍이 뚫어져 버리는 게 아닌가!

"맙소사! 이걸 어째?!"

일명은 입을 딱 벌렸다.

저렇게 멀쩡한 벽을 뚫어버렸으니, 대체 뭐라고 변명을 한단 말인가?

내가 그랬노라고, 자랑스럽게 떠벌릴 형편도 아니었다.

그렇게 되면 밑천을 다 드러내야 할 판이니 그건 죽어도 못할 일이었다.

어떻게 배운 건데…….

"납치를 당하고 말지 뭐!"

일명은 민머리를 긁적거리다가 잔머리를 굴리곤 중얼거렸다.

말과 함께 일명은 잽싸게 뚫어진 구멍으로 빠져나갔다.

바깥은 이미 어두웠다.

안 그래도 나갈 예정이었는데 이렇게 되었으니 이거야말로 하늘이 내린 기회였다. 나가면서 나중을 위해서 뚫어진 구멍을 바깥쪽에서 잡아당긴 채로 버둥거려 놓았다.

손가락이 뚫어진 벽을 잡고 늘어진 흔적이 있으니 나중에라도 복면인에게 납치되면서 붙들고 잡혀가지 않으려고 발버둥 쳤다는 변명을 위한 준비 작업이었다.

'이렇게 해두면 누가 벽을 뚫고 들어와서 잡아갔다고 할 수가 있겠지?'

회심의 미소를 지으며 주위를 둘러보았다.

경종 소리는 그쳤지만 아직도 소란스러웠다.

그 소리에 폭음이 묻혔는지 사람들이 달려오지 않았다.

이 요사의 뒤쪽은 숲이었다. 정원 비슷하게 키 작은 나무들이 우거져 있었고 그 건너로 담장이 하나 막고 있었지만 이젠 담을 넘는 것 정도야 전혀 겁나지 않았다.

그러나 일명은 담을 넘는 게 아니라 감시의 눈을 피해서 슬금슬금 후원을 거쳐서 탑림이 있는 곳으로 빠져나갔다.

소림사는 몇 년래 가장 혼란스러웠다.

해서 경비가 삼엄했지만 일명처럼 사내의 미꾸라지까지 막기에는 오히려 지금이 더 어려웠다.

들어오기가 어렵지 나가기는 오히려 더 쉬웠던 것이다.

게다가 일명은 미처 생각하지 못했지만 문제가 벌어진 곳이 전면이라 상대적으로 후면은 경계가 덜하기도 했다.

"화, 역시 바깥 공기가 좋아! 난 방에 틀어박혀서 골골거리는 건 안 맞는다니까. 역시…… 난 천하를 질타하면서 군림하는 영웅이 되어야 만 하는데 말야……."

숨을 크게 들이키면서 중얼거리던 일명은 문득, 난감한 빛으로 반짝 이는 머리를 쓰다듬었다.

이렇게 머리를 깎고서야 과연 천하를 질타하는 영웅이 될 수가 있을 까? 싶었던 것이다.

"한 번 중이라고 영원한 중이겠어?"

일명은 눈을 굴리다가 불끈, 주먹을 쥐었다.

아직 자신이 중으로 평생을 지낼 것이라고는 꿈에도 생각하지 않는 일명이다. 일단 세불리하니 머리야 깎았지만 기회를 봐서 언제라 도…… 라고 속으로 다짐하는 것이 일명이기도 했다.

그런데,

"뭐지?"

탑림 주위를 두리번거리면서 돌아다니던 일명은—사실 여기에 온 것 은 광승을 만나기 위해서였다—숲 저쪽에서 기이한 기운이 느껴짐을 깨닫 고는 잔뜩 긴장하여 그쪽을 바라보았다.

뭐가 있는 것일까?

망설임은 잠시, 일명은 땅을 박차고 달리기 시작했다.

바람처럼 날랜 움직임, 아직 경공을 배우질 못했지만 달리는 것만은 경신술을 펼친 것 못지않을 정도였다.

아직까지 내부의 기운을 어떻게 해야 제대로 활용할 수 있는지를 알지 못하는 일명인 것이다.

휙!

검은 그림자 하나가 모습을 드러냈다.

복면 속에 숨은 눈빛이 차갑고도 날카롭다.

그는 사방을 쓸어보고는 훌쩍 어둠 속으로 모습을 감추었다.

'이게 뭐야? 소림사 경내에 어떻게 저런 놈들이 마구 돌아다니지?'

앞으로 달리다가 이상한 느낌에 마치 꿩이 머리를 박듯 숲에 납작 엎드렸던 일명은 고개를 갸웃거렸다.

아무리 소림사에 일이 생겼다고는 하더라도 이곳은 탑림에서 얼마 떨어지지 않은 곳이었다.

그런데 복면인들이 돌아다니다니?

긴장한 일명은 돌아갈까 말까 망설이다가 앞쪽으로 복면인 하나가 다시 사라지는 것을 보고는 결국 호기심을 참을 수가 없게 되었다.

"못 찾았나?"

"아직……."

낮은 음성으로 두 사람이 속삭였다.

복면인 두 사람은 손짓으로 뭔가를 이야기하고는 다시 어둠 속으로 사라졌다.

'뭘 찾는 거지?'

숨을 죽이고 있던 일명은 점점 괴이해졌다.

저들은 소림사 경내를 헤집고 다니면서 무엇을 찾는 것일까?

궁금함을 참을 수가 없어진 일명은 계속 앞으로 조심스럽게 나아갔다.

'저건?'

고양이처럼 살금살금 앞으로 나아가던 일명은 숲 속의 나무 위에 서서 주위를 둘러보는 사람을 발견하고는 놀라 기척을 죽였다.

전에 녹포노조와 함께 나타난 것 같은 자, 전신을 괴이한 안개덩이로 감쌌던 괴인 중 하나가 거기에 우뚝 서 있었던 것이다.

무령쌍마라고 했던가?

'저놈이 여긴 우짠 일이래?'

신음을 흘리던 일명은 문득 한기가 들었다.

그럴 수밖에 없는 것이 저들이 그때 녹포노조와 같이 나타났으니 지금도 같이 다닐지 몰랐기 때문이다.

아무리 무공이 높아도 눈을 쑤셨는데 멀쩡할 리가 없을 터였다. 그러니 애꾸가 된 그 배불뚝이가 자신을 발견하면 그냥 둘 리가 있겠나? 그냥 능지처참을 하겠지?

'발견되기만 하면 난 죽은 목숨이다……'

그냥 조용히 방 안에 틀어박혀 있을 걸!

오늘 밤의 소림사 경내는 너무 위험했다.

아니, 정확히 말하자면 삼 일 전부터 위험은 시작되었고 지금도 계속되고 있는 중이었다.

第十章
소림의 기재들…….

첫째 마당

'제기랄!'

숨도 쉬지 않고 있던 일명.

무령쌍마라는 자가 사라지는 걸 보자 난감한 표정이 되었다.

안개가 아침 햇살에 스러지듯이 사라지는 그의 모습이 흘러간 곳은 일명이 지나온 길이었다. 돌아간다면 그자의 뒤를 따라가야 한다는 의미이니 난감하지 않을 수가 없는 것이다.

'빌어먹을! 이거도 팔자인가 보네…….'

일명은 어쩔 수 없이 앞으로 전진하기 시작했다.

하지만 채 두어 걸음도 나아가지 않아 일명의 안색은 창백해지고 말았다.

희미한 안개가 숲을 덮고 있는데, 그 안개 가운데 한 사람이 서서 일명을 쏘아보고 있었던 것이다.

무령쌍마 중 다른 한 사람!

"아이고, 젠장!"

무령쌍마가 둘이었다는 걸 순간적으로 깜박했던 일명은 아차! 하고는 순간적으로 튀기 시작했다.

"흐흐……."

음산한 웃음소리.

무령신마는 바람처럼 일명을 덮쳤다.

그의 무공으로 일명을 쫓는 것은 일도 아니었다.

허공에 뜬 무령신마는 일장을 쳐냈고 음악(陰惡)한 장풍 한줄기가 일명의 등을 노리고 날아갔다.

펑!

일명은 그 일장을 미처 피하지 못하고 외마디 비명과 함께 그대로 풀숲에 튕겨져 버렸다.

짚단처럼 풀썩, 일명이 떨어지는 것을 본 무령신마는 냉소를 흘렸다.

"대체 일 처리를 어떻게 하길래 저런 꼬마중이 여기를 돌아다니게 한단 말인가?"

냉소를 흘린 그의 모습이 그 자리에서 사라졌다.

'으으으…….'

등짝이 지독하게 아팠다.

하지만 이를 악물고 신음 소리조차 내지 않았다.

감히 소리를 낼 수가 없었다. 다행히 놈은 일명이 한 방에 죽은 것으로 알고 쫓아오지를 않았다.

'시팔, 공연히 기어 나와서 이게 뭔 고생이람?'

원래의 자리에서 십여 장 떨어진 바위 뒤로 숨어든 일명은 소리없이 심호흡을 해 운기하면서 내심 투덜거렸다.

다행히도 별 이상은 없었다.

맞는 척하면서 순간적으로 몸을 틀었고 다급한 김에 제석참마공을 끌어올렸더니 그 덕을 본 모양이었다. 문득 그 노승, 혜인 대종사가 눈물나게 고마웠다. 그전이었다면 이미 죽은 목숨이었을 게 아닌가.

'담에 만나면 넌 아작이다……'

일명은 속으로 이를 갈았다.

아직은 모르지만 몇 년만 지나봐라!

속으로 무령쌍마를 대여섯 번 죽이고 있던 일명은 갑자기 들려오는 기이한 기척에 숨을 죽였다.

복면인 하나가 나타났다.

검을 든 그자는 자세를 낮춘 채로 나타나 차가운 눈빛으로 주위를 쓸어보았다.

삐, 삐르르……

밤새의 울음소리가 가냘프게 들려왔다.

그 소리가 들리자 옆에 있던 큰 나무에 찰싹, 몸을 붙였다. 동시에 그는 비스듬히 내려오는 형태의 비탈 숲 위쪽을 올려다보면서 검을 움켜쥔 손에 힘을 주었다.

이곳은 숲이고 밤인지라 나무 뒤에 몸을 숨기고 있으면 바로 앞에서도 누가 있는지 알아보기 어려웠다.

휘이이…….

한 가닥 밤바람이 나무 위에 쌓인 눈송이를 떨어뜨렸다.

지난 며칠간 내려 쌓인 눈송이들, 하늘은 다시 잔뜩 찌푸려 눈이 올 것 같기도 했다.

그런가 했더니 소리도 없이 어둠을 가로질러 한 사람이 나타났다.

그가 나무의 옆을 지나는 순간에 그 복면인이 빙글 나무를 타고 반 바퀴 돌면서 무서운 속도로 나타난 자의 가슴에다 일검을 쑤셔 넣었다.

나타난 사람은 회의를 입고 있었는데 그는 미처 피하지를 못하고 가슴에 일검을 맞았다.

"윽……."

이어 들리는 낮고 답답한 신음.

그리고 허물어지는 것은 뜻밖에도 공격했던 복면인.

복면인의 검을 겨드랑이로 받아낸 사람은 한 사람의 승인(僧人)이었다. 이십대로 보이는 그는 창백한 얼굴로 가슴 앞에 세웠던 손을 내리며 가벼운 한숨을 내쉬었다.

그 찰나적인 순간에 겨드랑이로 검을 받아내고 한 손을 내밀어 습격자의 가슴을 쳤으니, 그의 무공은 실로 경인(驚人)한 바 있었다. 슬쩍, 밀어낸 것 같은 일장이었지만 그 일격에 복면인은 심맥이 끊어져 그 자리에서 즉사하고 말았던 것이다.

"아미타불……."

그는 어두운 얼굴로 낮게 불호를 외웠다.

어제부터 계속해서 살계(殺戒)를 열어야 했다.

중생을 제도(濟度)하겠노라 출가한 승려의 신분으로 자신이 살고자 남을 죽이자니, 어찌 마음이 편할 것인가.

하지만 그가 편히 쉬거나 죽은 자를 위해 염불을 해줄 시간은 없었다.

어느새 그를 향해 나무 위에서 내리 꽂히는 공격!

어둠 속에서 회색 승포가 수레바퀴처럼 빙글 돌았다.

그는 나무 위에서 쏟아지는 눈송이와 더불어 자신을 공격하는 검은 그림자를 향해 마주쳐 올라갔고, 자신을 난자하는 검을 한 손가락으로 쳐서 밀어냈다.

떙! 하는 소리와 함께 검이 두 동강이 났다.

뒤이어 허공에서 재주를 넘는 순간에 그의 발길질에 턱을 맞은 흑의 복면인은 답답한 신음 한 소리를 흘리면서 줄 끊어진 연과 같이 그대로 아래로 처박히고 말았다.

그러나 끝이 아니었다.

좌우에서 다시금 날아든 숨 쉴 겨를이 없는 공격.

피—윳!

청년승의 신형이 마치 누가 잡아당기듯이 훌쩍 위로 한 번 더 솟구쳤다.

이것은 소림사 연대답보(蓮臺踏步)의 경공절학.

승포를 펄럭이면서 날아올랐던 청년승의 신형이 다시 훌쩍 뒤집어져 머리를 아래로 하여 내리 꽂히면서 양 소매가 좌우로 좌악 펴졌다.

퍼펑!

폭음이 터졌다.

"큭!"

"크악!!"

비명이 꼬리를 물었다.

흑의인들이 눈 위에 핏물을 뿌리며 떨어질 때 청년승은 소매로 그들을 때린 힘을 빌어 훌훌 날아 그 자리를 벗어났다.

놀라운 무공이었다.

"으윽……."

청년승은 가슴을 움켜잡았다.

참으려 해도 핏물이 입술을 비집고 흘러나왔다.

너무 무리를 했다.

하지만 무리를 하지 않을 수도 없었다.

힘을 아꼈다면 이미 어제 죽었을 테니까.

어떻게 알았을까?

폐관(閉關)을 한 곳까지 찾아내어 공격이 시작되었다.

모든 힘을 다 기울여 여기까지 왔다.

그러나 습격을 당해 정상이 아닌 상태에서 계속 무리를 하면서 이젠 한계에 도달한 것을 스스로도 느낄 수가 있었다.

대반야선공을 운기해도 호신강기가 생기는 것이 아니라 심맥을 보호하는 것이 다였다.

'한계인가?'

청년승, 대지(大智)는 신음을 씹었다.

차라리 사자후를 터뜨려 구원을 청하고 싶었다.

하나 그 순간 구원군보다는 적들이 먼저 당도할 터임을 이젠 잘 알고 있었다. 소림사에서 구원이 달려오기 전에 적의 살수가 먼저 일 것이고 그럼 버틸 가능성이 없었다.

적의 포위망은 너무 무서웠다.

나무 뒤로 몸을 숨긴 채로 대지는 숨을 헐떡거렸다.

어떻게든 내상을 억눌러야 했다.

복면인들 개개인은 쉽사리 처리한 듯 보였지만, 실제로 그들 모두는 고수라 시간을 보내지 않기 위해서는 최선을 다해야 했고, 한 초식마다 전력을 다해야만 했었다.

그때마다 내상은 깊어졌다.

만약 이때 백존회의 백존 중 하나와 만나기라도 한다면, 거의 대항조차 하지 못하고 쓰러져야 할 것이었다. 어떻게 하든, 내상을 조금이라도 회복해서 이 숲을 빠져나가야 했다.

이 숲만 빠져나가면 탑림으로 내려갈 수가 있었다.

그렇게만 되면…….

순간.

"……!"

대지는 눈을 부릅떴다.

아무도 없다고 생각한 것이 착각이었다.

소리도 없이 검이 옆구리를 파고들고 있었다.

누가 다가올 때까지 몰랐다고 할 수는 없었다.

결국 적이 매복한 곳에 등을 보이고 숨었다는 의미인 것이다.

격렬하게 신형을 틀었다.

등을 찌른 검이 그 흐름을 타지 못하고 휘어지다가 그대로 뚝! 부러졌다.

무서운 기세로 등을 찌르던 복면인이 놀란 눈을 홉떴다.

그런 그의 가슴을 치려 했다.

생각대로라면 이미 기운이 동해 손바닥을 통해 거세무비의 선천진기(先天眞氣)가 쏟아져 나가야 하였다.

그러나 그러지 못했다.

적의 가슴을 쳤으되, 상대를 움찔 물러나게 한 것이 다였다.

상대의 눈에 살기가 돌았다.

부러진 검이 그대로 목을 난자해들었다.

보면서도 한순간, 몸을 피할 수가 없었다.

개죽음이었다.

…….

"……?"

대지는 의아한 빛을 떠올렸다.

그처럼 사납게 검을 쏘아 올리던 자의 눈빛이 달랐다.

딱 부릅뜬 눈.

그 눈에 투영된 것은 고통과 당혹!

대지는 그자의 가슴을 뚫고 나온 검끝을 보고는 의아하여 그 뒤를 보았다.

"시파, 결국 나까지 나서게 만드네."

쓰러지는 복면인의 뒤에서 투덜거리며 고개를 내미는 것은, 정말 뜻밖에도 일명이 아닌가.

"넌?"

"호호…… 그처럼 잘난 척하더니 영 볼 일 없네 뭐……."

일명이 그를 보면서 낮은 음성으로 약을 올렸다.

그 손에 쥔 검을 보면서 대지는 믿기지 않는 듯 다시 입을 열었다.

"네가 어떻게 여기에?"

"원래 주인공은 위기 상황에서 나타나는 거라구."

한껏 으스대던 일명은 갑자기 다급한 안색으로 물었다.

"움직일 수 있어?"

"그래."

"시팔놈들이 무지하게 많아. 우리 둘이서 여길 뚫고 나가긴 어려울 거야. 싸울 수 있어? 없어?"

"잠시 조식할 시간만 있다면 한두 번 정도는."

"한두 번이 뭐야? 아!"

되묻다가 그 말의 의미를 깨달은 일명은 잔뜩 인상을 썼다.

결국 힘을 한두 번밖에 못 쓴다는 거였다.

그래서야 고수를 만나면 말짱 황일 것이 아닌가.

"젠장! 내가 왜 나타났나 몰라……."

난감한 듯 머리를 벅벅 긁어대던 일명은 갑자기 죽어 넘어진 복면인의 품속을 뒤졌다.

그리고 그 품속에서 뭔가를 꺼낸 일명은 다시 물었다.

"아까 손가락으로 어떤 놈을 죽이던데, 그게 일지선(一指禪)이지?"

"맞다."

"지금도 할 수 있어?"

"한 번 정도는 가능할지도……."

"그거 가르쳐 줄 수 있어?"

"지금?"

"응, 지금!"

"이건 한 번에 배울 무공이 아니다. 더구나 진기의 흐름을 알지 못하면, 진기가 단련되지 않으면 결코 위력을 발휘할 수가 없는 무공이야. 가장 익히기 어려운 무공이기도 하지. 설사 지금 배울 수 있다 해도 아무런 도움이 되지 않아."

"말도 많네. 일전에 장경각에서 개정수예(開頂授藝)에 대해서 읽은 적이 있는데 말이야……."

일명의 말에 대지는 입을 딱 벌렸다.

"나보고 지금……."

"아냐. 그 나이에 뭐 내게 내공 전수하고 죽으란 소리는 아니고 말이지, 어떻게 하냐 하면……."

일명은 급하게 대지에게 설명을 했다.

여기저기에서 새소리가 묘한 곡조를 띠고 들려왔다.

멀었다 가까웠다 하지만 전체적으로는 이쪽으로 향해 오고 있음은 분명했다.

"에이 씨, 틀렸다! 일단 튀자우!"

일명은 손에 들었던 걸 잇달아 잡아당겼다.

펑! 펑!!

손에서 빛 꼬리를 물면서 서너 개의 폭죽이 위로 날아올라서 공중에서 폭발했다. 하나가 아니라 여러 개가 한꺼번에 올라가니 어디서라도 다 보일 만했다.

"무슨 짓이야?"

대지가 놀라 물었다.

"튀!"

급해서 튀자는 말도 제대로 나오지 않았다.

일명은 대지와 함께 앞으로 내달리기 시작했다.

무서운 속도로 사방에서 인기척이 좁혀오고 있었다.

들째 마당

일명이 터뜨린 것은 복면인들이 가지고 있던 폭죽이었다.

급할 때 사용하는 비상 연락용. 그 용도가 어떻게 되는지는 알지 못했지만 처음부터 관심도 없었다. 그게 뭐든 일단 한꺼번에 다 터뜨려 버리면 원단(元旦) 폭죽놀이도 아니고, 소림사에서도 당연히 괴이하게 생각하고 달려올 것이 분명했으니까.

안 그래도 사방이 시끄러운 판이 아닌가!

그렇게 해놓고 일명은 대지와 함께 눈썹이 휘날리게 달렸다.

적이 달려오기 전에 한 걸음이라도 먼저 앞으로 가야 했다.

대지의 무공은 높고도 깊었다.

걸음을 제대로 옮겨놓기 어려울 정도로 극심한 부상을 당했음에도 일명의 손을 잡고 바람과 같이 달리고 있었다.

'움직이기도 힘들 텐데 정말 큰소리칠 만하네!'

일명은 곁눈질로 대지를 보면서 내심 감탄했다.

굳이 말을 하진 않았지만 그를 처음 만난 그날부터 대지는 일명의 목표였었다. 대지를 능가하는 존재가 되는 것, 그보다 높은 무공을 쌓는 것…… 지금 보니 역시 까마득한 존재였다.

슷—

낮은 음향.

어둠 속에서 한 사람이 불쑥, 날아들었다.

번뜩이는 칼날!

대지의 소매가 휘리릭 피어나 칼날을 휘감았다, 싶은 순간에 소매 속의 손이 활짝 펼쳐지면서 일장을 쳐냈다. 전 같으면 소매로써 펼치는 반선철수(般禪鐵袖)로 끝을 봤겠지만 지금은 조금이라도 진기를 아끼기 위해서 바로 적의 혈도를 향해 일격을 가하는 것이다.

하지만 상대도 약자가 아니었다.

놀란 소리와 함께 검을 비트는 반동으로 몸을 돌려 대지의 일격을 해소하려 했다.

그러나 그것은 그의 생각일 뿐이었다.

"캑!"

기묘한 신음과 함께 입을 딱 벌린 그가 뒤로 넘어졌다. 쓰러진 그의 이마에서 피가 터져 눈을 붉게 물들였다.

그를 스쳐 일명과 대지가 다시 달리기 시작했다.

대지가 일명을 힐끔 바라보았다.

일명은 그를 향해 씨익, 웃어주었다.

적이 반항하면 달리던 속도를 죽여야 하고 두어 번 손질을 하게 되면 결국 그 자리를 벗어나지 못하게 될 수도 있었다.

그런데 그 순간에 일명이 던진 돌멩이에 그자는 이마를 맞았다. 주먹만한 돌멩이는 대번에 이마를 터뜨렸고, 일순 무방비가 된 그의 가슴팍 장태혈(將台穴)을 대지가 치니, 그는 정신을 잃고 쓰러지고 말았다.

그렇게 중상을 당한 상황에서도 대지는 바닥의 풀을 밟고 그 반동으로 몸을 날리는 초상비(草上飛)의 놀라운 경공을 구사하고 있어서 실제로 그 속도는 놀라울 정도로 빨랐다.

일명의 손을 잡지 않았다면 훨씬 더 빨랐을 것이었다.

그러나 그 속도는 그걸로 끝이었다.

다시금 한 사람이 앞을 가로막았기 때문이다.

슈—악!

그가 나타남보다 어둠을 가르는 희뿌연 빛의 놀라운 도기(刀氣)가 더욱 빨랐고 무서웠다.

대지는 차원이 다른 상대가 나타났음을 직감했다.

땅을 박차며 일명과 함께 옆으로 방향을 틀려고 했지만 나무들이 너무 무성해 거치적거렸다.

게다가 그자의 도기는 마치 쇠에 달라붙는 자석처럼 대지의 뒤를 따르고 있어 계속 피하려고 했다가는 그대로 변을 당할 판이었다.

"아미타불!"

대지는 나직이 불호를 외면서 한 손가락을 슬쩍 밀어냈다.

다—앙!

고막을 울리는 음향이 일며 일지(一指)를 맞은, 달무리와 같은 도기를 끌고 날아들던 칼이 부르르— 떨면서 방향을 틀었다.

푸하악!

옆에 있던 아름드리 나무가 그대로 그 도기의 기세에 두 동강이 되어 요란한 소리를 내면서 무너졌다.

쿠쿠쿠쿠…….

"대단하군! 그 나이에 그 몸으로…… 소림의 용이 될 재목이라지만 이렇게까지 할 필요가 있나 했더니, 그가 신경을 쓸 만하군."

손에 한 자루의 보도를 든 자가 중얼거렸다.

어둠 속이라 명확한 모습은 보이지 않았다.

그러나 호리호리한 체구에 보도를 쥔 그의 전신에 서린 살기는 보는 사람을 공포에 질리게 했다. 평범한 사람이라면 꼼짝도 하지 못할 정도였다. 지금까지 나타났던 자들도 고수였지만 이자는 차원이 달랐다.

'젠장, 무령괴물이나 녹포배불뚝이 정도는 되는 놈 같으네…….'

일명은 내심 혀를 찼다.

그 눈은 틀리지 않았다.

그는 무정마도(無情魔刀)라고 불리는 백존회의 백존 중의 한 사람인 것이다. 고독한 늑대라고 불리는 그가 여기에 이렇게 나타난 것은 지금 일명 등을 공격하고 있는 자가 백존회의 고수라는 것을 의미하는 것이기도 했다.

무정마도의 마도는 사정이 없었다.

상대가 어린아이나 여자라 할지라도, 그렇지 않았다면 그를 일러 무정마도라 하지 않을 것이었다.

그의 마도가 천천히 대지를 겨누었다. 살기가 무섭게 치솟았다.

그때였다.

"이거나 먹어랏!"

일명이 소리치면서 그를 향해 뭔가를 집어 던졌다.

이마를 향해 벼락같이 날아가는 것은 돌멩이였다.

무정마도는 차갑게 웃으며 이마를 살짝 기울여 돌멩이를 피해 버렸다.

그는 이미 절정의 반열에 이른 고수, 지금 일명의 수준으로 그를 맞힌다는 것은 불가능했다.

일명 또한 그를 맞힐 수 있다고는 꿈에도 생각하지 않았다. 그저 시선을 분산시키고 대지가 공격할 틈을 만들기 위해서였을 뿐이었다.

그런데,

철썩!

무정마도가 머리를 살짝 숙여 일명의 돌멩이를 피하는 순간에, 뭔가가 어둠 속에서 날아들어서 그의 반대쪽 볼을 쳐버리는 것이 아닌가!

"윽!"

거의 고개가 꺾어질 충격에 무정마도는 비틀거렸다.

날아든 것은 무정마도의 볼을 때리고는 튕겨졌다가 다시금 무섭게 눈앞으로 날아들었다.

"감히!"

한순간 일명의 돌멩이 때문에 방심하다가 낭패를 당한 무정마도는 불같이 노해 수중의 마도를 그어냈다.

파파팟—

무서운 도기가 일며 날아든 것을 베어냈다.

하지만 그것은 날아들던 것보다 더 빨리 되돌아가 버렸다.

돌아간 곳은 얼마 떨어지지 않은 곳에 있는 나무 위, 거기에는 괴인한 사람이 엉긴 나뭇가지들 위에 걸터앉아 있었다.

그는 날아든 것을 턱, 하니 발로 걸치면서 껄껄 웃었다.

"크핫핫하……. 제법인걸? 하지만 소림승혜(少林僧鞋)라는 게 그리 간단하지 않단 말이야!"

말과 함께 그의 발끝에 걸쳐 있던 것이 다시금 획— 소리를 내며 무정마도에게로 날아갔다. 이제 보니 그가 신고 있던 낡아 빠진 짚신이 날아들어 무정마도의 따귀를 쌔렸던 것이다.

그것을 알게 된 무정마도는 정말 몇십 년 만에 귀가 빨개질 정도로 노했다.

"이, 이런 죽일 놈……!"

부르르 떠는 무정마도에서 사나운 도기가 폭출해 올랐다.

마치 누가 잡아 돌리듯이 빙글빙글 돌면서 날아드는 짚신에서는 고린내가 코가 떨어질 듯이 진동을 하고 있었다.

"광승……."

그를 본 일명이 놀라 중얼거렸다.

"사숙……?"

대지 또한 그 말에 흠칫, 그 괴인을 바라보았다.

정말 광승이었다.

'뭘 하느냐? 어서들 가지 않고!'

그런 그들을 향해 꾸짖는 전음지성이 날아들었다.

일명은 놀라 눈을 끔벅거렸다.

"크핫핫핫…… 아미타불, 아미타아불! 오늘 이 부처님이 소림승혜의 진정한 극의(極意)를 보여주마! 차앗— 승혜타마(僧鞋打馬)가 간다아—!"

광승이 미친 듯 웃어대면서 뻗은 발을 벌벌 떨자 날아들던 짚신이 무섭게 진동하면서 고린내를 풍겨냈다.

"크윽!"

어지간히 노했던 무정마도조차 코가 떨어지는 것 같아 기세가 죽어버렸다.

너무도 어이가 없었다.

그는 단 한 번도 이런 경우가 있으리라고는 생각지도 못했다.

하나 저 냄새나는 짚신은 정말 만만히 볼 수가 없었다. 빙글빙글 도는 그 기세에 스친 굵은 나뭇가지들이 수수깡처럼 뚝뚝 부러지고 있었고 바윗돌마저도 팡팡! 부서지고 있었기 때문이다.

"어기지물(馭氣之物)…… 넌 누구냐?"

그가 굳은 얼굴로 물었다.

겉보기로 저 짚신을 발로 던지는 것이 별게 아닌 듯하지만 실제로는 고절한 내가의 고수가 아니면 꿈도 꿀 수 없는 것임을 그는 한눈에 알 수가 있었다.

"이 부처님 말인고? 핫하…… 백정이 그것을 알아 무엇 하려고? 혹시 그 도도(屠刀)를 놓고 부처가 되고픈가?"

껄껄 웃는 광승을 뒤로하고 일명은 대지의 손을 끌고 앞으로 내달렸다.

요란하게 싸우는 소리가 들려왔다.

"사숙께서 아직도 소림에 계셨다니⋯⋯."

"저 미친 중 알아요?"

"녀석! 저분은 네 사숙조가 되시는 분이다!"

"사숙도 아니고 사숙조라고?"

일명은 눈을 끔벅거렸다.

"제기랄! 이래서 내가 대 자 배가 되었어야 했는데, 도무지 배분이 낮으니 너무 억울하잖아⋯⋯ 앗!"

일명은 같이 달리던 대지가 자신을 밀어버리자 옆으로 굴렀다.

쾅!

그 자리에 무서운 기세가 날아들었다. 아름드리 나무가 단숨에 중동이 꺾어져 굉음과 함께 넘어갔다.

"뭐, 뭐야?"

놀란 일명이 눈을 희번덕거렸다.

눈앞.

꿈에 보기도 겁나는 사람 하나가 일명을 쏘아보고 있다.

녹포를 걸친 땅딸보, 작은 키에 배는 복어가 바람을 들이킨 듯이 튀어나왔다. 전과는 달리 한쪽 눈은 감겼다. 외눈인 그의 눈에서는 푸르스름한 녹광이 무섭게 번들거리는데, 일명을 보는 그 눈에는 끔찍할 정도의 살기가 불꽃처럼 튀고 있었다.

일명은 그 눈빛만으로도 살갗이 찢어지고 숨이 막히는 것 같았다.

"노, 녹포노조⋯⋯."

부지중에 신음처럼 그의 이름이 흘러나왔다.

"크크크⋯⋯ 하늘이 도와 네놈이 아직 뒈지지 않고 있었구나! 네놈

을 산 채로 씹어 먹고야 말겠다!'

외눈박이가 된 녹포노조가 무섭게 이를 갈아댔다.

말이 느린 것이 한(恨)이라는 듯이 말과 함께 귀조를 휘둘러 일명을
쳐왔다.

대지는 아예 쳐다보지도 않았다.

"아이고오ー!"

일명은 그가 공격하자마자 말 그대로 다람쥐처럼 굴러 대지의 뒤로
숨어버렸다.

녹포노조의 공력은 이미 수발이 자유로운 경지.

"쥐새끼이ー 게 서라!"

그는 공격을 빙글 틀어 대지를 향해 쏟아냈다.

대지는 피할 수가 없었다.

그랬다가는 일명이 단 한 수에 어육이 될 것임을 알았기에.

그런데,

"이 복어 같은 늙은 놈아! 너 같으면 서겠어?"

대지의 등 뒤에 숨은 일명이 냉큼 고개를 내밀더니 오히려 대드는
게 아닌가.

"크악! 쳐죽이고 말겠다아ー!"

녹포노조는 길길이 뛰면서 전력을 다해서 일격을 쳐냈다.

그와 같은 고수들은 결코 전력을 다하지 않는다. 수발이 자유롭지
못해서 자칫 파탄을 드러낼 수가 있기 때문이다. 하지만 머리끝까지
노한 그는 전력을 다해 대지를 쳤다.

피할 수조차 없는 대지는 암암리에 탄식을 흘리고는 양손을 한데 모

아 대접인신공(大接引神功)을 펼쳐 상대의 공세를 받아내는 것이 아니라 옆으로 끌어냈다.

도저히 받아낼 상태가 아니었기 때문이다.

콰쾅!

그의 손짓에 따라 옆으로 흘러간 녹포노조의 일격은 옆에 있던 커다란 바위를 가루로 만들어 버렸다. 박살이 난 바위가 그의 공세에 실린 무서운 경기를 이기지 못하고 산산이 부서진 것이다. 사방에 뼈를 깎는 듯한 경기가 소용돌이치면서 눈보라가 시야를 가리면서 떠올랐다.

"욱!"

간신히 그의 일격을 흘려낸 대지는 그 힘을 이기지 못하고 한 모금의 핏덩이를 토해냈다.

하지만 녹포노조도 그 힘을 이기지 못해 옆으로 신형이 비틀어졌다. 말 그대로 젖 먹던 힘까지 다해서 공격을 했기 때문에 신형이 쏠릴 정도였던 것이었다.

그때.

"바보 복어 같으니, 넌 낚시에 걸렸어!"

난데없이 대지의 가랑이 사이로 쑥 튀어나온 일명이 씩 웃지 않는가.

게다가 그보다 더 빨리 녹포노조를 향해 내민 한 손가락.

거기서 쏘아져 나온 경력은 번개처럼 녹포노조의 아랫배 기해혈에 작렬했다.

"끄―아악!"

셋째 마당

녹포노조는 상상도 하지 못했다.

저 찢어 죽일 놈이 자신을 공격할 담을 가졌으리라고는.

여기서 만나는 것조차도 생각하지 못했었다. 난데없이 발광하듯이
터지는 신호탄을 보고 달려온 참이었다.

그리고는 저 꼬마 귀신을 만났다.

놈을 보는 순간, 하늘에 감사했다.

놈을 보기만 해도 즐거웠다. 놈을 찢어 죽일 생각을 하는 것만으로
도. 그런데 놈이 자신을 겁내지도 않고 또 약을 올리는 것이 아닌가?

녹포노조는 눈에 뵈는 게 없을 정도로 화가 났다. 속된 말 그대로 꼭
지가 돌아버린 것이다. 마공을 익힌 자들은 성격이 폭급(暴急)해져 평
정심을 잃어버리면 통제가 어렵다.

그렇게 전력이 기울여 놈을 때려죽이려다가 중심이 흐트러졌지만, 그런 자신을 향해 놈이 일지를 쏘아내는 시늉을 하자 내심 어이가 없어서 코웃음을 쳤다.

그까짓 꼬마 중놈이 쳐내는 지력이 얼마나 대단할 것인가?

지공(指功)이라고 하는 것은 장법이나 검법과 달라서 고절한 내공과 수련을 필요로 했다. 그렇기에 다른 사람을 해칠 수 있으려면 보통의 고수로는 어림도 없었다.

지력은 손가락에 깃든 힘을 의미한다. 그 지력으로 공간을 격하고 사람에게 상처를 입히려면 진기를 쏟아내야 하는데, 그것은 실제로 보통의 수련으로는 불가능한 일이었다.

더구나 녹포노조가 아는 꼬마 중놈의 능력으로는.

게다가 꼬마 중놈이 쏘아낸 지력이라는 것도 미풍이나 다름없어 눈여겨볼 가치조차 없는 것이었다.

그런데, 그런데!

놈이 쏘아낸 지력이 정작 아랫배를 찌르는 순간에 녹포노조는 무엇인가가 잘못되었음을 직감했다.

그것도 아주 크게!

"케에—엑!"

녹포노조는 처참한 비명을 질렀다.

불에 달군 쇠꼬챙이로 아랫배를 쑤시는 것 같았다.

가소롭던 일명의 지력이 자신의 아랫배 기해(氣海)에 닿는 순간에 무서운 위력을 발휘하면서 그의 몸을 보호하고 있던 호신강기를 뚫어버렸기 때문이었다.

풍선에 바람이 빠지듯 그는 풀쩍 뒤로 튀었다.

처절한 비명과 함께!

"맙소사, 정말!"

그 광경을 보고 대지가 기가 막혀 입을 딱 벌렸다.

원래 일명이 그에게 요구한 것은 일지선의 전수가 아니었다.

한 번만, 딱 한 번만 일지선을 자신을 통해서 시전할 수 있는 방법이 있는지를 물었었고 대지는 가능하다고 했었다. 자신의 진기를 일명의 혈도에 담아두었다가 필요 시에 발출해 내는 것이었다.

누구도 일명을 대수롭게 여기지 않을 것이니, 위기의 순간에 한 방 날리겠다는(?) 일명의 생각이었다.

하지만 대지는 그것을 크게 생각하지 않았다.

이러한 무공이라는 것이 단순히 한 번 시전할 수 있는 것으로 효과를 보기는 힘들었다. 상대가 아예 능력이 떨어지는 하수에게라면 몰라도 고수라면.

그러나 어차피 전신의 기력이 떨어진 상황, 자신이 시전한다 할지라도 한 번 힘을 쓰는 것에 지나지 않을 것이라고 생각한 대지는 도박하는 심정으로 마지막 남은 진기를 일명에게 주입하였다.

한 가닥 진기를 일명의 혈도로 흘려 달마역근경 상에 도액봉혈지법(度厄封穴之法)으로 그 일지선의 진기를 일명의 오른손 합곡(合谷)에다 가두어두었던 것이다.

그리고 대지는 녹포노조의 그 무서운 일격을 흘려보내기 위해서 마지막 남은 기력을 다했다.

그 정도로도 충격을 받아 피를 토해야 했다.

그런 상황에서 일명의 일격이 빗나가거나 실패를 한다면 위력을 발휘할 수 없었다면, 속수무책의 상황이 되는 셈이었다.

그런데, 그 한 수가 이렇게 위력을 발휘하여 녹포노조와 같은 일세의 대마두를 저렇게 만들어 버리다니!

대지가 일지선의 일격을 녹포노조의 기해에 가했다면 무공이 전폐되거나 죽었을 수도 있었다.

그러나 과연 일명에게 전해준 그 일지가 그런 위력을 발휘할 수 있을는지는 아무도 모르는 일이었다.

하지만 그것만으로도 녹포노조는 바람 빠진 풍선처럼 저렇듯 튀어나가서 눈밭을 뒹굴고 있었다.

"다시 튀─!"

일명은 말도 끝내지 못하고 급히 대지의 손을 잡아채 달리기 시작했다.

검은 그림자들이 숲을 뚫고 좁혀오고 있는 것을 느낄 수가 있었던 것이다.

숲은 얼마 남지 않았다.

언덕을 넘어 달려 내려가면 탑림이었다.

아무리 굼뜨다고 해도 소림사에서 거기까지 달려가는 동안, 구원군이 오지 않겠나? 라는 것이 일명의 잔머리였다.

죽어라 달리는 일명의 뒤로 녹포노조의 한스러운 외침이 들려왔다.

"죽어 귀신이 되어서라도…… 네놈을 씹어 먹고 말겠다!"

그 소리는 야밤에 굶주린 늑대가 울부짖는 것 같아서 모골이 송연할 정도로 소름이 끼쳤다.

"두고 보자는 놈치고 무서운 놈 본 적이 없지?"

그 와중에도 굳이 돌아보면서 한마디를 하던 일명의 안색이 창백해졌다.

어둠을 뚫고 달려오는 흑의인들의 모습.

저게 도대체 몇이냐?

달리는 것이 아니라 훌훌 몸을 날려오는 그들의 모습은 하나둘이 아니라 얼핏 봐도 열은 넘고 스물은 되는 것 같았다.

"시팔! 아무리 생각해도 괜히 기어 나왔네!!"

참지 못하고 투덜거린 일명은 크게 숨을 들이켰다.

좀 전까지는 대지가 남은 힘으로 일명을 이끌고 갔었다.

그런데 이젠 달랐다.

대지는 그 자리에 쓰러져 눕고만 싶었다.

높고 두터운 내공의 힘이 아니었다면 이미 숨이 끊어졌을 중상을 입은 그였다. 초인적인 의지가 아니었다면 일명을 따라갈 수조차 없었다.

일명도 이젠 그것을 알았다.

이제는 그가 대지를 끌고 가야 했다.

그러니 어찌 난감하지 않을 것인가?

쫓아오는 적은 절정의 경공을 전개하고 있어서 바람처럼 빨랐다. 거기에 비해 일명과 대지는 기어가는 수준이라 불과 두어 걸음을 가지 못해서 적에게 따라잡힐 위기에 처하고 말았다.

구원군이 온다고 해도 소용이 없는 상황.

슈슈—슛!

흑의복면인들의 공세가 사방에서 그물처럼 날아들었다.

도대체가 무슨 말도 없고 오로지 죽이기 위한 공격만이 다였다. 그것도 모두가 대지를 노리고 있었다.

"젠장!"

일명의 고함 소리가 들렸다.

순간, 파파파팍!

일명과 대지가 있던 자리에 섬광이 작렬했다.

검기장풍이 날아들어서 그 자리가 아예 폐허가 되어버릴 정도였다. 쌓였던 눈송이가 눈보라를 일으키며 날아올랐다. 그도 모자라 흙먼지까지 날아오를 정도였다.

"엇?"

그 와중에 들리는 기이한 탄성.

일명과 대지의 신형이 그 자리에 없었다.

위기의 순간에 일명이 대지의 손을 잡고서 공중으로 튀어 오른 것이다. 마치 메뚜기가 튄 것처럼 그렇게 일명은 잽싸게 양발을 놀리다가 땅을 박차고 뛰어올라 하늘을 날고 있었다.

'뭔 경공이 저래⋯⋯?'

그 모습을 본 복면인인들의 눈에 괴이한 빛이 어렸다.

경공이란 것은 일신의 진기를 한 줌 뽑아 올려 몸을 가볍게 함이 요체(要諦)다. 그리고 가벼워진 몸을 탄력을 이용하여 튕겨내는 것이니, 그 요령이야말로 각 문파의 비전(秘傳)으로 전해지는 것이었다.

하지만 일명과 같은 경공은 누구도 본 적이 없었다.

땅을 박차고 올라 아슬아슬하게 공격을 피한 것은 놀라운 일이었지만 일단 하늘로 날아오르자, 무슨 짓인지 미친 듯이 발을 놀리고 있었던 것이다.

마치 땅을 밟고 달리기라도 하는 듯이.

더 어이가 없는 것은 그렇게 하자 신형이 떨어지는 것이 아니라 앞으로 나아가는 것 같았다.

게다가,

"아―다다다다아!"

거기에 이어지는 기괴한 꼬마중의 기합 소리, 그건 기합 소리가 아니라 다급한 비명처럼 들렸다.

"쫓아!"

다급한 명령이 터졌다.

흑의복면인들이 다시금 메뚜기처럼 솟구쳐 올랐다.

순간, 일명의 신형이 누가 잡아당긴 듯이 그대로 뚝, 떨어져 버리는 게 아닌가.

그 바람에 메뚜기 떼처럼 날아올랐던 십여 명의 흑의인들이 펼친 공세는 모조리 허탕을 치고 말았다.

헛손질을 한 그들의 신형이 허공에서 교차해 흩어지면서 아래로 떨어져 내렸다.

일단 경공을 전개하여 허공에 뜨고 나면 자유자재로 방향을 전환하는 것은 초절정에 이른 고수가 아니라면 불가능했다. 그렇기에 곤륜(崑崙)의 운룡대팔식이 경공일절로서 세상에 이름이 높은 것이다.

놀림을 당한 듯 연속 허탕을 친 흑의복면인들은 화를 내기도 어려웠다.

그 다음 상황이 너무도 기상천외했기 때문이다.

위기의 순간에 하늘로 날아오르고, 허공을 가로지르고, 공격을 받자 다시 아래로 뚝 떨어져 위기를 면한 그 놀라운 경공을 펼친 자가 땅바닥, 산비탈에 떨어지더니 둘이 부둥켜안고서 데굴데굴 굴러서 아래로 내려가는 것을 보았던 것이다.

기가 차고 말도 되지 않아 순간적으로 뒤를 쫓는 자마저 없었다.

무슨 무공이…….

"뭘 하는 거냐!"

우두머리 복면인이 차갑게 외치면서 그 뒤를 따라 신형을 날리자 그제서야 나머지 복면인들도 정신을 차리고 뒤를 쫓았다.

알고 보면 실제의 상황은 너무나 어이가 없었다.

일명은 다급하자 전신의 진기를 힘껏 휘돌려 제석참마공을 일으켰다. 그 무공은 오직 소림환난시에만 펼칠 수가 있었지만 일명이 그런 것을 신경 쓸 사람인가?

내가 죽으면 다 소용이 없을 것인데…….

그렇게 해서 일명은 운둔참마군을 펼쳐 땅을 굴렀고 대지와 함께 하늘로 떠올라 공격을 피할 수가 있었다.

그런데……

막상 떠오르자 진기를 제대로 운용하지 못해서 추락할 지경이 되어 버리고 만 것이다.

식은땀이 흘렀다.

꽁지에 불붙은 소처럼 다급해서 한다는 짓이 바로 떨어지지 않으려고 발을 미친 듯이 놀리는 것이었다. 흑의인들이 그때 본 것이 바로 떨어지지 않으려고 발을 놀리는 광경, 아다다다— 라는 기괴한 외침은 바로 떨어지지 않기 위한 발악이었다.

진기를 모아 그처럼 미친 듯 발을 놀리자 신형이 앞으로 조금 밀려 갔고 그런 일명과 대지를 향해 공격이 다시 날아들었다. 하나 축 늘어진 대지를 끌어안은 일명이 한 번도 제대로 펼쳐 본 적이 없는 경공을 시전할 수가 있을 리가 없다.

그렇게 적의 공격을 아슬아슬하게 피해낼 수가 있었지만 땅바닥에 나뒹구는 것까지 면할 수는 없었다.

공교롭게도 떨어진 곳이 눈이 쌓인 산비탈이라 일명은 떨어지자마자 충격을 줄이기 위해서 대지를 안고 그냥 굴러 버렸다.

그게 지금까지의 경과였다.

퍽!

아이고, 시팔!

일명은 구르던 몸이 바위에 부딪치고 멈추자 투덜거렸다.

하지만 욕만 하고 있을 틈이 없었다.

어느새 날아든 복면인의 일검!

무지하게 빠른 경공이고 쾌검이었다.

곁눈으로 대지를 보니 이미 정신을 놓아버린 모양이었다.

제기랄! 내버려 두고 내빼? 말아?

일명은 순간적으로 갈등했지만 적의 검은 대지가 아니라 자신에게 향하고 있었다.

"바보 놈아! 왜 나야?"

일어서던 일명은 다급해지자 소리치면서 뒤로 벌렁 드러누웠다.

휘—익!

그 움직임에 허탕을 치면 고수가 될 자격이 없다.

검이 호선을 그리며 일명에게로 유성처럼 떨어져 내렸다.

순간,

"불문 성지에서 살인을 할 참인가?"

꾸짖는 소리와 함께 무서운 기세가 복면인을 향해 날아들었다.

고막을 찢는 바람 소리가 기세에 따라 일었다. 심상치 않은 기세에 복면인은 이를 악물고 옆으로 검을 쓸어냈다.

챙그렁!

막강한 충격과 함께 검이 대번에 뚝 부러져 나갔다.

"이럴 수가?"

그가 놀라 눈을 부릅뜨는 순간에 강력한 힘 한줄기가 그의 옆구리를 쳤다.

퍽!

"크윽!"

그가 튕겨지듯이 몇 장이나 날아가 버렸다.

"너?"

나타난 사람이 커다란 도끼를 든 채로 어리둥절한 눈으로 일명을 바라보았다.

그가 물리친 복면인의 옆구리에 일격을 가해 그를 날려 버린 사람이 벌렁 누웠던 일명이었기 때문이다.

"뒤에!"

몸을 일으킨 일명이 소리쳤다.

나타난 사람, 불목하니 일광은 호통을 치면서 거부를 휘둘러 산더미 같은 부영(斧影)을 일으켜 앞을 막았다.

챙! 챙챙……

날아든 검들이 거부에 막혀 비명을 토해냈다.

그러나 적의 숫자가 너무 많았고 너무 빨랐다.

앞에서 날아든 자들을 막을 수는 있어도 좌우에서 날아드는 자까지 일광이 막을 수는 없었다. 그랬다가는 한순간에 난도질을 당할 판이었으니까.

그때였다.

"아미타불…… 손을 멈추라!"

위기일발의 순간,

"아미타불, 멈추지 못할까!"

굉량(宏量)한 불호 소리와 함께 맹렬한 기운이 장내로 날아들었다.

그 기운은 폭풍과도 같은 기세로 날아든 검세들을 물리쳤다.

창! 차차차차차차아아—앙…….

길고 놀라운 폭음의 이어짐.

第十一章
천하를 눈 아래로 보다

첫째 마당

"화아……!"

일명은 눈을 휘둥그렇게 떴다.

전후좌우로 승려들이 승포를 펄럭이면서 날아 내리고 있었다.

그들이 누군지 일명은 너무도 잘 안다.

소림사의 나한당을 대표하는 당대의 소림 십팔나한들.

"사부님!"

일명이 활짝 웃으며 등을 보이며 앞을 막은 대우를 불렀다.

대우는 그를 돌아보지 않았다.

"어떤 자들이기에 감히 소림사에 와서 시비를 건단 말인가?"

앞을 노려보는 위엄있는 꾸짖음.

어둠 속에서 피어오르고 있던 마의 기운을 억누르고도 남을 기세였다.

하지만 그것이 전혀 먹히지 않는 경우도 있었다.

복면인들은 소림 십팔나한을 전혀 겁내지 않았다.

오히려 더욱 무섭게 달려들었다. 지금이 아니면 기회가 없다는 듯이 생사를 도외시하고 달려들었다.

챙! 챙!

차차차―창창!!

격렬한 병장기의 부딪침 소리가 고막을 찔렀다.

놀랍게도 천하에 이름 높은 소림사의 십팔나한들이 밀리고 있었다. 적은 이미 까맣게 주변을 덮고 있었다. 순간적으로 나타난 적의 숫자는 놀랍게도 어림잡아 백여 명, 그러나 그 숫자보다 그들 중에 섞여 있는 십팔나한 개개인을 능가하는 고수들이 문제였다.

바로 백존회의 수뇌인 백존에 해당하는 자들.

격한 부딪침, 그들과 격돌한 십팔나한은 대번에 파탄을 드러냈다. 십팔나한의 무서운 점은 그들 개개인의 무공도 뛰어나지만 실제로는 그들 열여덟 명이 연합하여 펼치는 십팔나한진에 있었다.

그런데 주변 지물의 영향으로 진세를 펼치지 못하고 각자의 힘으로 백존과 맞서 싸우게 되니 밀리는 것은 너무도 당연했다.

더구나 백존 중의 한 명도 아니고 셋이나 되니…….

"안 되겠다! 일명은 어서 대지를 데리고 뒤로 피하거라!"

대우가 굳은 얼굴로 소리쳤다.

그가 지닌 선장은 복마십팔장(伏魔十八杖)을 펼쳐 앞을 가로막고 있었지만 한계가 있었다.

'젠장, 또 도망가야 하는구만!'

일명은 혀를 찼다.

그러나 저렇게 적의 기세가 흉흉한데, 여기서 죽음을 기다릴 수야 없는 일이니 내뺄 수밖에.

'시팔! 내가 다음번에도 도망가면 성을 간다!'

일명은 투덜거리면서 정신을 잃은 대지를 끌어당겼다.

바로 그 순간이었다.

"아미타불!"

또다시 들리는 굉량한 불호 소리.

승포를 펄럭이면서 심경 대사가 공중에서 떨어져 내렸다.

펑, 펑!

그의 손에서 대력금강장(大力金剛掌)이 잇달아 쏟아져 나갔다.

그뿐이 아니었다.

"아미타불, 흉도(凶徒)들은 칼을 버려라!"

사방에서 승포를 펄럭이면서 흰색 무복을 입은 승려들이 바람처럼 눈밭을 가르며 날아들었다. 바로 소림사의 백의전(白衣殿) 고수들이었다.

백의전의 고수들은 평소에 소림사에 모습을 보이지 않는다. 소림사의 위급 상황에서만 장문인의 명에 의해 백의전을 나선다. 그리하여 그들을 소림사에서는 따로이 백의전 호법승(護法僧)이라 한다. 자연히 무공이 높을 수밖에 없었다. 소림사의 사방에서 괴이한 일들이 벌어지면서 인력이 달리게 되자, 그들도 나서게 된 것이다.

그뿐 아니라 나한당과 달마원의 고수들까지 뒤이어 나타났다.

달마원과 나한당의 고수들까지 나타나 가세하자 승려들의 숫자만도

백여 명이 넘었다. 커다랗게 운판(雲版)을 치는 소리가 계속 울리는 가운데, 승려들은 계속해서 밀려들고 있었다.

달마원은 무공을 연구하는 곳이고, 나한당은 무공을 연마하는 곳이다. 나한당의 무공이 달마원에 비해 깊이는 떨어진다 할지라도 어찌 쉽게 볼 수가 있을 것인가!

격렬한 싸움이 벌어졌다.

싸움이 벌어진 곳은 탑림의 입구 근방.

그곳이 내려다보이는 곳, 소실산 자락에 사인교 하나가 어둠 속에 자리하고 있었다.

그 사인교에는 청수한 모습의 유생 한 사람이 앉아 싸움이 벌어지는 곳을 바라보고 있었다. 손에 들린 것은 기이하게 생긴 검은 대롱. 그것이야말로 그가 직접 만든 천리경(千里鏡:망원경).

무거운 표정으로 천리경에서 눈을 뗀 중년 유생, 귀곡신유는 나직이 한숨을 내쉬었다.

"결국 지난 석 달간의 고심이 이렇게 수포로 돌아간단 말인가? 어젯밤 천기에 천우(天佑)가 천살(天殺)의 도움을 받는다 하여 웃고 말았더니 설마 하니 저 가운데 천살이 있단 말인가?"

그는 미간을 찡그렸다.

천살이 소림사에 있다는 것은 말이 되지 않았다.

그는 누구보다 자신의 판단을 믿었고, 모든 일을 재삼재사 검토하여 어떤 가능성도 놓치지 않는다고 자신하는 사람이었다. 그렇기에 그가 하는 일은 단 한 번도 실패를 한 적이 없었다.

오죽하면 그를 귀곡신유라 할 것인가.

"어쩔 수 없군. 모두 회군하라 일러라."

"회군입니까?"

"빨리."

그의 음성은 크지 않았다.

하지만 그의 말을 거역할 사람은 그의 측근 중에는 아무도 없다.

그럴 이유가 없는 하늘의 명이기 때문이다.

삐―이익!

날카로운 호각 소리가 밤하늘을 찢고 길게 울려 퍼졌다.

그 소리가 들리자, 사방 여기저기에서 호각 소리가 들리면서 마치 전염이 되듯이 어둠 속을 소리가 급하게 내달렸다.

"천좌가 셋만 모였어도 실패하지 않았을 텐데……. 누한천…… 그가 그렇게 빠지는 바람에 계획이 틀어졌다. 그렇다고는 하나, 역시 소림사로구나. 천존, 천존이……."

그는 길게 한숨을 내쉬더니 사인교자의 문을 닫았다.

그러자 옆에 서 있던 교자군 네 명은 사인교자를 지고 바람처럼 어둠 속으로 사라졌다.

교자의 옆에 있던 세 명의 호위 무사와 함께.

그처럼 극렬하게 달려들던 자들이 갑자기 썰물처럼 물러났다.

소림사의 고수들은 함성을 지르며 그들을 뒤쫓았다.

그런데 그때, 변고가 일어났다.

삐~이~이~이!

심금을 훑어 내리는 기괴(奇怪)하기 짝이 없는 음향이 폭풍처럼 장내에 밀어닥쳤다.

퍽퍽!

사방 여기저기의 돌덩이들이 쩍쩍 갈라지고 바닥에서, 돌 위에서, 나무 위에서 눈송이들이 폭발하듯이 튀어 올랐다.

"으악!"

"으으……."

"크으으……."

그처럼 용 같고 호랑이 같던 무승들이 일제히 비틀거렸다.

도주하던 복면인들을 고함치며 뒤쫓아가던 무승들이 모조리 비틀거렸고, 그 바람에 도주하던 자들은 순간적으로 어둠 속으로 모습을 감추게 되었다.

그것은 범위가 대단히 넓어 한두 군데에서 벌어진 일이 아니었다.

놀랍게도 수 리에 걸쳐서 벌어진 일이었다.

놀라운 괴음의 여운은 한참을 두고 사라지지 않았다.

"천살지명이다……!"

잠시 인상을 썼던 일명이 놀란 표정으로 중얼거렸다.

이미 한 번 당해본 적이 있었던 것이기에, 잊어버릴 수 없는 저 악마의 외침을 기억하고 있는 것이다.

"천살지명?"

일명의 앞에 있다가 타격을 받고 안색이 창백해졌던 대우가 그 말을 되뇌이는 순간에 기이한 음향 한줄기가 은은히 사방으로 깔리기 시작했다.

처량하기도 하고 공포스럽기도 한 황량한 소리.

심맥에 심대한 타격을 받은 사람들은 느닷없이 들려온 소리에 공포와 슬픔을 한꺼번에 느꼈다. 어떤 사람들은 두려움에 덜덜 떨고, 어떤 사람들은 슬픔에 겨워 그 자리에 주저앉았다.

창백한 얼굴에 각혈을 하는 사람까지 생겨났다.

그때 심경 대사가 두 눈을 부릅뜨고서 벽력같이 소리쳤다.

"현혹되지 말라! 이것은 사람을 미혹하는 마음(魔音)이다!"

바로 불문의 사자후(獅子吼)였다.

쩌렁한 호통은 졸던 사람에게 찬물을 끼얹은 듯한 효과가 있었다.

모두가 눈을 끔벅거리며 당황한 기색을 드러낼 때, 그들의 앞에 한 사람이 거짓말처럼 홀연히 모습을 드러냈다.

검은색 비단옷.

능운건을 쓴 네모진 얼굴에 희끗한 귀밑머리와 오연한 기상의 중년인은 누구도 흉내 내기 어려운 위엄으로 당당했다. 그는 옥퉁소 하나를 손에 든 채로 전광과도 같이 빛나는 눈으로 주위를 쓸어보았다.

그 많은 소림사의 고수들이 눈에 들어오지 않는 듯 아예 쳐다보지도 않았다.

그렇게 그의 시선은 한쪽에 멎었다.

"이리 나오너라."

절정옥소 누한천이 바라보고 있는 것은 바로 일명이었다.

"저, 저요?"

일명인 얼떨떨해서 손가락으로 자신을 가리키며 물었다.

"그래, 너. 너는 나와 함께 가야 한다."

말과 함께 그는 앞으로 한 걸음을 내딛었다.

슉—

놀라운 이형환위(移形換位)!

그의 신형은 단 한 순간에 십여 장을 가로질러 일명의 앞에 섰고, 손을 내밀어 일명을 잡았다.

절정의 감각을 지닌 일명이지만 피할 수조차 없었다.

저 멀리 있던 사람이 갑자기 퍽, 꺼지는가 싶더니 눈앞에 나타나 잡아채는 데는 어떻게 방비할 겨를조차 없었다.

그가 왜 절세의 고수라고 일컬어지는를 여실히 보여주는 한 수였다.

그러나.

"손을 거두시오!"

내민 절정옥소 누한천의 손을 향해 맹렬한 바람이 날아들었다.

가장 가까운 곳에 있던 대우가 빈철선장(鑌鐵禪杖)을 휘둘러 손을 내려친 것이다.

그저 선장을 휘둘러 내려친 것 같지만, 실제로 그 한 수에는 십여 가지의 변화가 깃들어 있어서 상대의 움직임 여하에 따라 수없이 많은 변화가 일어날 수 있도록 준비가 되어 있었다.

하지만 절정옥소 누한천은 차가운 표정으로 손에 든 절정옥소를 옆으로 쳐냈다.

놀랍게도 옥소로 그 무거운 선장을 막아내려는 것이다.

그러면서도 그 손은 여전히 일명을 잡아갔다.

"감히!"

자신을 무시한다 생각하자 대우는 대노해 선장에 힘을 주어 그대로 찍어 눌렀다.

퍼—퍼—퍽!

기이한 음향이 일며 선장과 마주친 옥통소가 빙글 돌면서 선장을 휘감아 옆으로 끌어당겼다.

그러자 선장은 쳐 내리던 힘을 그대로 옆으로 흘리면서 그 서슬에 앞으로 달려가 버리고 말았다.

대우가 중심을 잃어버린 것은 물론이었다.

대우는 크게 당황했다. 이런 상황에서 적이 공격해 오면 그대로 당할 수밖에 없기 때문이다. 인정하고 싶지 않지만 적과의 차이는 너무 컸다.

하지만 가벼운 한 손짓으로 대우를 밀쳐 버린 누한천은 그를 아랑곳하지 않고 여전히 일명을 잡으려 했다.

그때, 강렬한 기운 한줄기가 그 손을 향해 날아들었다.

"귀찮군."

절정옥소 누한천은 미간을 찌푸렸다.

그는 대우를 밀쳐 버린 절정옥소를 곧추세워 날아든 경력을 쳤다.

팡!

폭음과 함께 일진 진동이 일고 강력한 경기가 발생했다.

그러자 일명은 그 경기의 여파에 주춤 뒤로 밀려났고 그 자리에 한 사람이 일명 대신 우뚝 나타났다.

다른 사람이 아닌, 심경 대사였다.

심경 대사는 굳은 얼굴로 한 손을 가슴에 세우고 있는데, 그 손에서는 맑은 광채가 은은히 어려 절세의 공력을 쳐내기 위해서 운기를 하고 있는 것처럼 보였다.

"멈추시오, 누 시주."

심경 대사가 침중히 말했다.

"나와 싸워볼 텐가?"

그를 쏘아보면서 절정옥소 누한천이 싸늘히 물었다.

그 눈빛은 얼음과 같았다.

"아미타불…… 누 시주께서 하시는 바에 따라. 소림은 결코 아무나 와서 마음대로 움직일 수 있는 곳이 아니외다."

"와핫핫핫핫핫하…….”

절정옥소 누한천은 천지가 진동하도록 크게 웃었다.

…….

웃음소리를 따라 맹렬한 경기가 일었다.

강렬한 기파가 사방으로 몰아쳐 주위에 있던 나한당의 고수들은 견디지 못하고 비틀거리며 물러나야 했다.

"이 누한천은 결코 아무나가 아니지! 과연 누가 나를 막을 것인지 볼까?"

그가 웃음을 멈추며 주위를 쓸어보았다.

광오(狂傲)!

그는 눈앞의 수많은 소림 고수들을 안중에도 두지 않았다.

둘째 마당

누한천의 모습은 너무도 당당하고 오연(傲然)했다.

교만하지만, 누구도 그 모습을 보고 단순히 교만하거나 건방지다고 말하기 어려웠다. 천박하지 않은 기품이 거기에 있었기 때문이다. 그렇기에 사람들은 그를 일러 마두라 하지 않고 마존(魔尊)이라 이름하였다.

삼국연의에서 상산(常山)의 조자룡이나 장비가 조조의 백만대군을 우롱하던 그 모습이 바로 지금 저 누한천의 모습과 같지 않을까 싶을 정도로 그의 태도는 당당하기만 했다.

'죽인다!'

일명은 홀린 듯 그를 바라보았다.

그가 동경하던 천하 영웅의 모습이 거기 있었다.

누구의 눈치도 보지 않고 세상 모든 사람들을 눈빛으로 부리는 전설적인 존재……

저 모습을 보고 어떤 여인네가 가슴을 졸이지 않을 것인가.

그때.

"세상이 말하기를 누 시주를 천하오시(天下傲視) 광망절세(狂妄絶世)라 하더니, 그 말이 조금도 틀리지 않구려. 하지만 소림사에서 그 말은 통하지 않을 것이오."

심경 대사가 침중히 말을 했다.

그의 옆으로는 백의전의 전주 심의 대사(心意大師)가 섰고 심원(心願), 심진(心塵) 등의 심 자 배 고수들이 늘어섰다.

그 모습을 보자 절정옥소 누한천은 차갑게 웃었다.

"여기 있는 모두가 한꺼번에 덤벼보겠다는 건가? 그것도 좋겠지. 누가 먼저 덤빌 텐가? 아니면, 다 같이 덤벼보겠나?"

그의 말에 여기저기에서 분노한 음성이 흘러나왔다.

"아미타불…… 누 시주는 지금 소림을 욕보이려는 것이오?"

심경 대사가 침중한 음성으로 그를 꾸짖었다.

그 말에 절정옥소 누한천은 코웃음 쳤다.

"흥! 혜인 선사가 나타난다면 몰라도, 당금 소림사에서 누가 나와 같이 할 수가 있단 말인가?"

"내가, 내가 하겠소……."

기운없으되, 정기 어린 음성이 그 말을 받았다.

일명에게 기대 있던 대지.

그가 눈을 뜨고 있었다.

"여기 계신 분들 모두가 당신과 같이 할 수 있을 것이오. 하지만 몇 년 이내에 내가 당신을 찾아가겠소. 가서 백존회의 천좌가 대단한 것이 아님을 보여주겠소."

그의 말에 냉랭한 웃음이 다시금 누한천의 입술에 떠올랐다.

"네가 소림잠룡(少林潛龍) 대지인가?"

그는 냉전(冷電)과도 같은 눈빛으로 대지를 보면서 고개를 끄덕였다.

"제법 쓸 만하군! 부디 그렇게 되기를 바라지. 소림사에서 나와 겨룰 자 하나가 없다면 너무 한심하지 않겠느냐?"

그 순간이다.

"감히! 대체 백존회에서 이렇듯 무도하게 소림사에 도발하는 이유가 무엇인가?"

옆에서 심원 대사가 노해 발을 굴렀다.

심경 대사가 앞서 막고 있지 않다면 이미 출수를 했을 급한 성미의 그였다.

누한천은 그의 말에 코웃음 쳤다.

"백존회가 무엇을 하든 나는 관여하지 않는다. 내가 지금, 여기에 온 것은 저 꼬마 때문이다."

그의 말에 모두의 시선이 일제히 일명에게로 쏠렸다.

또 저놈이 무슨 짓을?

그런 눈빛들이었다.

그것을 느낀 일명은 당황해서 손을 저었다.

"나, 난 아무것도……."

"이리 오너라. 너는 나와 같이 가야 한다."

절정옥소 누한천이 손을 내밀었다.

"나, 난……."

"이자들의 눈치를 볼 필요 없다. 호랑이는 제아무리 많은 늑대가 있다 할지라도 거리낌이 없는 법이다! 그게 산중의 왕이다."

"감히!"

"소림사를 어떻게 보고!"

분노한 음성이 여기저기에서 터져 나왔다.

"일명! 어찌 된 일이냐?"

심경 대사가 일명을 보고 물었다.

절정옥소 누한천은 오만하지만 결코 경우가 없지는 않았고 또한 억지를 부리는 사람도 아니었다. 아무런 이유도 없이 일명에게 같이 가자고 할 리가 없었기 때문이다.

일명은 다시금 당황했다.

"그, 그게 제자를 제자로 삼겠다고……."

"뭐라고?"

일명의 당황한 이야기를 들은 심경 대사는 대충 상황을 짐작할 수 있었다. 일명의 숨겨진 자질을 보았다면 어느 누가 탐내지 않을 것인가. 하지만 절대로 절정옥소 누한천에게 일명을 넘겨줄 수는 없었다.

그랬다가는 호랑이에게 날개를 달아주는 격이 될 것이기 때문이다.

천살을 지닌 자가 마도에 빠진다면 천하는 도탄에 빠지고 세상은 피의 강에 잠겨 허우적거려야 할 것이었다.

"불가하오."

심경 대사는 머리를 흔들었다.

"당신이 불가하든 가하든 그 말을 들으러 내가 여기까지 왔을 것 같은가? 나는 저 아이를 데려가려고 왔을 뿐이다."

"감히, 소림사에서 사람을 납치해 가려는 것인고!"

심원 대사가 다시 참지 못하고 소리쳤다.

"필요하다면 못할 것도 없지!"

절정옥소 누한천은 코웃음 치며 일명을 향해 앞으로 나서려 했다.

심경 대사의 손에서 서기 어린 광채가 무섭게 빛을 뿜었다. 그가 다가오는 순간에 발동을 하려는 것이다.

순간.

"죄송합니다."

일명이 그를 향해 고개를 숙였다.

그 바람에 막 앞으로 나서려던 절정옥소 누한천의 한 걸음은 멈추고 말았다.

바람도 없는데 절로 펄럭이던 옷자락도 천천히 잦아들었다.

"무슨 뜻이냐?"

"저는 여기에 남겠어요. 저를 좋게 보아주신 것은 고맙지만 저는 이곳을 떠날 수가 없습니다."

"바보 녀석 같으니!"

절정옥소 누한천은 이내 벽력같이 소리쳤다.

"이자들의 눈치를 볼 것 없다지 않았느냐! 너는 나와 같이 가야 할 사람이다. 소림사는 너를 키워줄 수 없는 곳이다! 네가 몸담아야 할 곳은 나와 같은 자리란 말이다!"

팍팍—

그의 외침에 바닥에서 눈송이들이 피어오르고 한 가닥 경기가 휙휙 바람을 몰고 일어났다.

"그럴지도 모르지요. 하지만 제 마음은 이미 정해졌습니다. 저는 이곳에서 형을 기다려야 하거든요."

일명이 말했다.

형만 없었다면 저 광오하고 멋있는 사람을 정말 따라가고 싶었다.

하지만 형을 기다려야 했다.

이 세상에서 가장 좋아하는 형, 대호를……

"……."

전혀 뜻밖의 말을 들은 절정옥소 누한천은 물끄러미 일명을 바라보았다.

"……."

일명은 그를 향해 고개를 숙였다.

문득.

"핫, 핫, 하하하하……."

굉량(宏量)한 웃음소리가 절정옥소 누한천에게서 터져 나왔다.

동시에 그의 신형이 옷자락을 펄럭이면서 하늘로 솟구치기 시작했다.

삽시간에 사오 장가량을 치솟은 그는 양 소매를 휘저었다.

그러자 놀랍게도 그의 신형은 그대로 허공을 가로질러 날아가기 시작하였다.

그때 일명의 귓전에 절정옥소의 음성이 또렷이 들려왔다.

'언제라도 좋다! 네가 원한다면 나를 찾아오너라.'

일명은 놀라 주위를 두리번거렸지만 다른 사람은 아무도 그의 말을 듣지 못한 것 같았다.

"능공허도(凌空虛渡)…… 그의 무공은 세상에 알려진 것보다 더욱 대단하구나!"

그 모습을 보고 심경 대사가 신음하듯 중얼거렸다.

"어디를!"

"올 때는 몰라도 갈 때는 마음대로 갈 수가 없……."

여기저기에서 신형이 분분히 솟구쳤다.

"그냥 두거라!"

심경 대사가 크게 소리쳤다.

"사형, 저자는 백존회의 십대천좌 중에서도 수좌에 속하는 자입니다. 지금 이대로 그자를 보내면……."

"보내지 않으면?"

"예?"

"이 자리에서 단독으로 그를 막을 사람이 누가 있나?"

"그건……."

"머릿수로 싸우겠나? 마두니까?"

"그건……."

"그만두세. 우리에겐 미래가 있네."

그의 시선이 미치는 곳에는 대지와 그를 부축하고 있는 일명이 있었다.

그의 시선을 받은 일명이 그를 향해 히죽, 어색하게 웃어 보였다. 아무것도 없는 박박머리를 긁적거리면서…….

그 모습에 심경 대사는 길게 한숨을 내쉬었다.

오늘의 일이 화인지, 복인지 그는 정말 알 수가 없었다.

＊　　　　＊　　　　＊

한바탕의 폭풍이 지나갔다.

숭산을 헤집고 다니던 무림의 군웅들도 천천히 빠져나가기 시작했고, 기척도 없이 숨어들었던 백존회의 고수들도 모두 사라졌다.

지난 것을 다 묻어버리려는 듯이 숭산에는 그날부터 함박눈이 내리기 시작했다.

장생전.

소림의 전설이 숨 쉬며 잠들어 있는 곳.

눈에 덮인 이곳은 그저 이름없는 산사의 암자처럼 보였다. 싸리담도 그러하고 나지막한 암자의 지붕들도 그러했다.

심혜 상인은 그중 하나의 앞에 서 있었다.

눈은 이미 무릎에 이를 정도로 쌓였다.

심혜 상인의 뒤에는 그를 모시는 시자들이 둘 서 있을 뿐이었다.

심혜 상인은 무거운 눈으로 눈앞에 있는 암자를 바라보았다. 시선을 드니 암자를 두른 고송(古松)들이 온통 눈을 머금은 것을 볼 수 있었다.

눈이 쏟아지는 하늘도, 나무도 돌도 암자도, 천지가 하나로 희다.

'그 옛날 혜가이조께서 달마 조사께 법을 얻을 때에도 지금과 같이 눈이 내렸겠지……'

전설에 따르면 그때도 눈은 지금처럼 무릎까지 내렸다고 하였었다.

그로부터 소림의 전설은 대를 이어 전해져 내려왔다.

원(元)의 치하에서 소림은 치욕을 겪었고 부끄러운 일까지 나서서 해야 했다. 하지만 그래도 소림의 근간(根幹)은 흔들리지 않았다고 소림의 사람들은 모두 자부하고 있었다.

그러나 심혜 상인의 마음은 무겁기만 했다.

대지는 소림의 미래와 같았다.

그런 그가 폐관 중에 습격을 받아 제대로 반항도 하지 못하고 심한 상처를 입었다. 그리고는 탈출하면서 그 상세는 깊어져 결국 빈사지경에 이르러 약왕전에서조차 손을 쓸 수가 없어 혜약 상인에게로 찾아와야만 했다.

그렇게 해서 심혜 상인은 여기에서 결과를 기다리고 있는 것이다.

대체 그들은 대지가 폐관하고 있는 곳을 어떻게 알았을까?

그때였다.

"들어오너라."

창노한 음성이 암자 안에서 들려왔다.

심혜 상인이 안으로 들어서자 방 안에는 창백한 얼굴의 대지가 누워 있었다.

그리고 그 앞에는 혜약 상인이 앉아 있었다.

"괜찮겠습니까?"

"폐관에 든 상태에서 공격을 받아 기혈이 모조리 뒤집혔다. 조금만 더 늦었다면 큰일날 뻔했지만, 지금은 괜찮다. 다만 이로 인해 대공(大功)은 잠시 늦춰져야 할 것 같구나."

"아미타불, 어쩔 수 없는 일이지요."

"어쩌다가 달마동까지 적도가 난입할 수가 있었더란 말이냐?"

혜약 상인의 질책에 심혜 상인은 난감한 빛이 되었다.

설마 하니 이 며칠 동안 느닷없이 일어났던 사건들이 모두 대지를 노리기 위해 만들어낸 성동격서(聲東擊西)의 함정일 줄이야, 누가 상상이라도 할 수가 있었을까.

절정옥소 누한천과 같은 절세마존이 설마 하니, 자신을 낮추어 그렇게 시선을 돌릴 것은 상상도 하지 못했었다.

그러나 실제로는 누한천은 이번 일과 거의 상관이 없었다.

그는 일 년에 한 번씩 이곳을 찾았고, 귀곡신유가 그러한 자신을 이용함을 알고도 모른 척했을 뿐이었던 것이다.

하나 숭산 일대에 무림의 군웅들이 몰려든 것과 야밤에 장경각에 복면인들이 난입한 것은 모두가 귀곡신유의 작품인 것으로 짐작되었다.

군웅들을 끌어들인 것은 숭산에 혜인 대종사가 남긴 유진(遺眞)이 태실산 모처에 남겨져 있다는 소문 때문인 것이 밝혀졌다. 전혀 사실 무근이었지만 그러한 소문이 돌자 군웅들은 앞뒤 가리지 않고 태실산으로 몰려들었었다.

모종의 일로 혜인 대종사가 소림사로 돌아가지 않고 가까운 태실산 자락에 자신의 모든 절기를 남겨두었다…….

비록 소림사의 눈치가 보이지만, 혜인 대종사의 무공을 얻을 수만 있다면! 그 소문을 들은 사람들은 앞뒤 가리지 않고 밤을 도와 숭산으로 달려왔고 곳곳에서 충돌을 빚었다.

귀곡신유가 암중에서 대국을 조종하고 있었으니, 군웅들의 충돌은 격렬할 수밖에 없었다.

"아미타불…… 본 장문이 불민한 탓이지요."

할 말이 없는 심혜 상인은 불호만 외웠다.

"그 꼬마 놈이 대지를 구했다고?"

"그렇습니다."

"참으로 맹랑한 놈이지……."

혜약 상인이 머리를 저었다. 그러던 그가 문득 물었다.

"절정옥소란 자의 무공이 그리 높더냐?"

"백존회의 천존을 제외하면, 십대천좌 중의 누구도 그를 이길 수가 없을 거라는 소문이 있습니다."

"해서 그자를 그냥 돌려보냈더냐?"

혜약 상인의 눈에 강한 빛이 일었다. 그는 아직도 괄괄했다.

"그 때문에 장생전의 잠을 깨울 수도 없지 않습니까?"

"하긴……."

혜약 상인은 고개를 끄덕이더니 입을 닫았다.

혜인 대종사가 모습을 감춘 이상, 그러한 강자를 상대하기 위해서는 장생전의 원로가 나서지 않으면 안 된다. 그러나 그때의 상황은 소림사의 존망지추(存亡之秋)가 걸린 것이라고 하기도 어려우니 그러기도 쉽지 않았다.

거인은 쉽게 움직이는 법이 아니니까.

뽀드득, 뽀드득…….

심혜 상인의 발 밑에서 눈이 이지러졌다.

후드득거리며 눈꽃이 손사래를 치면서 어깨 위로 떨어졌다.

혜약 상인의 암자를 떠나 아래의 방장실로 돌아가는 심혜 상인의 안색은 밝지 않았다.

그곳에서는 말하지 않았지만 이번 사태에는 몇 가지 석연치 않은 점이 있었다.

혜인 대종사의 유진 이야기를 퍼뜨려 사람들을 불러들인 것이 과연 단순히 성동격서를 위한 것이기만 하였을까?

그렇지는 않을 것이었다.

다른 사람이 아닌, 귀곡신유가 한 일이라면…….

귀곡신유는 아마도 소문을 퍼뜨림으로써, 혜인 대종사가 건재한 지 아닌지를 확인하고 싶었을 것이었다. 그러는 가운데, 동시다발로 여기저기에 손을 써 소림사의 이목을 교란하면서 실제로는 암중에 대지를 없애 버리고자 전력을 기울였다.

과연 대지가 그렇게나 심혈을 기울여야 할 만큼 중요한 인물일까?

"과거와 미래…….”

문득 심혜 상인은 중얼거렸다.

그러했다.

혜인 대종사는 소림사의 과거였다.

그리고 대지는 소림사의 앞으로를 책임질 미래였다.

어쩌면 그는, 소림사의 과거를 확인하고 미래를 지워 버리고자 했을지도 몰랐다.

하지만 왜?

그는 무엇을 노리고 있는 것일까? 무엇을 생각하고 있기에 갑자기 과거를 확인하고 미래를 지우고자 했던 것일까?

심혜 상인은 깊게 미간을 찡그렸다.

다른 사람이 했다면 그랬나 보다, 라고 생각을 했을 수도 있지만 그 상대가 다른 사람이 아닌 귀곡신유(鬼谷神儒)였다. 그의 귀곡(鬼谷)이 란 외호는 따로이 귀곡(鬼哭)이라고도 불린다.

귀신도 울고 가게 만드는 자라는 뜻이다.

그런 그가 이처럼 복잡한 일을 단순히 벌일 리는 없다.

조사한 바에 따르면 백존회의 백존 중 아홉 명이 이번 일에 움직였 다고 하였다. 백존회가 아직 정비되지 못한 것을 감안한다면 귀곡신유 는 이번 일에 전력을 다한 셈이었다.

결국, 그는 반드시 대지를 죽이고자 했다는 의미인 것이다.

그것이 무엇일까?

심혜 상인은 아무리 궁리를 거듭해도 그 이유를 알 수 없었다.

천기의 흐름을 놓고 귀곡신유가 도박을 해본 것을 그가 미리 안다는 것은 사실상 불가능한 일이기에.

첫째 마당

사방은 눈으로 가득했다.

사내는 대충 쓸었지만 전각과 사방을 두른 산은 눈을 가득 이어 온통 하얗다. 창송취백(蒼松翠栢)이라고 불리던 거대한 나무들도 모두 흰 빛이기만 하였다.

그러고도 모자라 눈은 계속 왔다.

아침결에 조금 그치는가 싶더니, 다시금 하늘이 어두워졌다.

다시 눈이 내리고 있었다.

불목하니는 겨울에는 할 일이 줄어든다.

특히 지금처럼 함박눈이 쏟아지면 그럴 수밖에 없었다.

돌아다니면서 그간 힘들게 모아놓은 장작이나 나뭇가지 등으로 아궁이에다 불을 지피는 일 외에는 할 일이 없는 것이다.

일명 또한 마찬가지였다.

게다가 한바탕 난리가 난 다음, 일명은 대지를 구한 공로로 빈둥빈둥 놀 수가 있었으니 더 편했다.

문턱에 걸터앉아 눈이 내리는 걸 바라보고 있던 일명이 문득 중얼거렸다.

"정말 멋있단 말이야……."

정말 그랬었다.

소림사의 그 숱한 고수들을 눈 아래로 내려다보던 절정옥소 누한천. 그의 모습이야말로 일명이 늘 그리던 천하를 호령하는 영웅의 모습에 다름이 아니었다.

"형만 아니면 그냥 따라가는 건데……!"

중얼거리던 일명의 안색이 조금 달라졌다.

언제 나타난 것일까?

눈 속에 한 사람이 서서 자신을 보고 있음을 발견한 것이다.

"난 또 누구라고? 벌써 나은 거야?"

일명이 뜻밖이라는 듯이 말했다.

눈 속에 서 있는 사람은 사경에 처해 있던 대지였다.

그날 이후, 벌써 닷새나 지났다고 해도 그가 여기에 나타난 것은 정말 의외라 하지 않을 수가 없었다.

"네가 보기엔 어떠냐?"

"아직 시원치 않은 것 같은데."

"맞다. 이제 겨우 살아난 셈이지."

대지가 고개를 끄덕였다.

정말 그의 얼굴은 창백했다.

"낫지도 않았는데 왜 돌아다녀?"

일명의 말에 대지는 쓴웃음을 지었다.

"버릇없는 놈. 내가 네 사숙인 걸 잊어버린 거냐?"

"불목하니가 배분은 무슨……."

그 말에 대지가 미간을 살짝 찡그렸다.

"장문인께서 너를 다시 나한당에 돌려보내 무공을 가르치기로 했는데, 네가 싫다고 했다며? 그냥 불목하니로 있겠다고……. 왜 그랬느냐?"

"가면 뭐 해."

"뭐라고?"

"나한당에서 백날 해봐야 널 이길 순 없을 거잖아."

"……!"

대지의 얼굴에 일순 어이없다는 빛이 떠올랐다.

"나…… 때문이란 말이냐?"

"꼭 그런 건 아냐. 그냥 나한당으로 돌아가는 건 부질없어 보여서."

그리곤 일명은 입을 닫았다.

사락, 사라락…….

눈은 계속해서 내렸다.

일명의 앞에 선 대지의 어깨에도 눈이 제법 쌓였다.

대지는 창백한 얼굴로 잠시 일명을 바라보다가 말했다.

"난 오늘부터 폐관에 들어간다. 자신이 있을 때까지는 얼마가 되건,

나오지 않을 것이다."

"……."

"나와서 네가 얼마나 대단하게 변했을지 보마."

그 말을 끝으로 대지는 일명에게 등을 돌리고 걸어가기 시작했다.

눈 위에 발자국이 남았다.

하나둘 발자국이 일명에게서 멀어져 갔다.

문득,

"네게 전해주었던 일지선을 발출할 수 있는 경로(經路)를 기억할 수 있다면 운기행혈(運氣行血)의 비전을 얻을 수가 있을 것이다."

멀어지는 대지에게서 나지막한 음성이 들려왔다.

크지 않음에도 일명에게 또렷이 들리는 것으로 보아, 전음지류의 무공을 이용하여 말을 한 것 같았다. 거의 죽어가다시피 하던 그가 벌써 이러한 무공을 전개할 수 있다니, 놀라운 일이었다.

…….

일명은 대지의 모습이 눈 속에 완전히 묻힐 때까지 그의 뒷모습을 바라보고 있었다.

그리곤 어느 순간, 손가락을 들어 앞을 가리켰다.

슈―욱!

소리도 없는 한 가닥 기운이 일명의 손에서 뻗어 나가는가 싶더니, 일명의 앞쪽 허공에서 눈송이들이 크게 소용돌이를 일으켰다. 일명이 손가락을 움직이자, 눈송이들은 마치 춤추듯이 그렇게 사방으로 흩어졌다 모였다 하였다.

놀랍게도 그것이야말로 가장 어렵다는 일지선의 운용이었다.

"물론 잊지 않았지……."

손가락을 거둔 일명이 씨익, 웃으며 중얼거렸다.

이제, 시작이었다.

『소림사』 4권으로 계속…

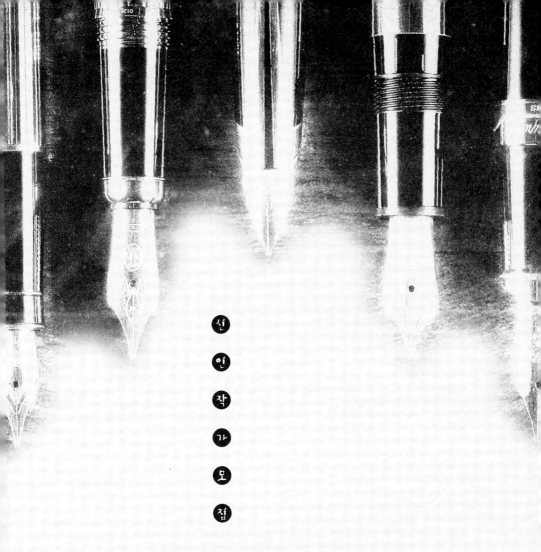

신인작가모집

시작이 반이라고 했습니다.
작가의 길에 대한 보이지 않는 벽을 과감히 깨뜨리십시오!
청어람은 작가 지망생 여러분들의
멋진 방향타가 되어드리겠습니다.

저희 도서출판 청어람에서는
소설 신인 작가분들을 모집합니다.
판타지와 무협을 사랑하시는 분들의 많은 참여를 바랍니다.
소정의 원고(A4용지 150매)를 메일이나 우편으로 보내주시면
검토 후 출판 여부를 알려드리겠습니다.

주소:경기도 부천시 원미구 심곡1동 350-1 남성B/D 3F 우편번호420-011
TEL:032-656-4452 · **FAX**:032-656-4453
http://www.chungeoram.com
e-mail:chungeoram@chungeoram.com